你离更好的生活只差阅读这件事

麦小麦——

著

广西师范大学出版社
GUANGXI NORMAL UNIVERSITY PRESS

·桂林·

图书在版编目（CIP）数据

你离更好的生活只差阅读这件事 / 麦小麦著 . —桂林：
广西师范大学出版社，2020.11
　　ISBN 978-7-5598-3211-5

　　Ⅰ. ①你… Ⅱ. ①麦… Ⅲ. ①随笔－作品集－中国－
当代 Ⅳ. ①I267.1

　　中国版本图书馆 CIP 数据核字（2020）第 170325 号

广西师范大学出版社出版发行

（广西桂林市五里店路 9 号　邮政编码：541004）

网址：http://www.bbtpress.com

出版人：黄轩庄

全国新华书店经销

广西民族印刷包装集团有限公司印刷

（南宁市高新区高新三路 1 号　邮政编码：530007）

开本：787 mm × 1 092 mm　1/32

印张：9.25　　　字数：160 千字

2020 年 11 月第 1 版　　2020 年 11 月第 1 次印刷

定价：45.00 元

如发现印装质量问题，影响阅读，请与出版社发行部门联系调换。

自 序

我为什么要写这本书

　　有一年南国书香节，我天天泡在会展中心忙得像个陀螺，只要有点时间，就到卖场去看书。

　　有个展台的书全是关于读书的，一下子看到这么多同类书，感觉还挺震撼。除了经典的《如何阅读一本书》，还有好多我没听说过的，名人读书笔记、推荐书单、阅读方法……好多好书，都想收了。还有日本人写的一堆读书方法论，《如何有效阅读一本书：超实用笔记读书法》《快速阅读术》《深阅读：信息爆炸时代我们如何读书》《阅读整理学》等。一本一本拿起来看，发现很像他们的《断舍离》《收纳的艺术》 类，题目很有诱惑力，可是内容非常简单，语言、举例和体系都很日系，不一定适合中国人，有效内容也太少，一本书估计一两千字就能说清。

就在那一瞬间我突发奇想：要不我自己来写一本？读了这么多年书，关于如何读书，也是时候好好整理一下了。

我的整个人生，好像就是围绕着书来的。

我出生在教师之家，家里除了书还是书。爸妈去上班时，我有时候会被扔到图书馆请管理员阿姨照顾。除了在一个个放满书的书架间逛来逛去，找点能看的东西，实在也没有别的事可做。我什么书都看，才六七岁就捧着台湾民间爱情故事看，管理员阿姨笑话我："小小年纪知道什么是爱情吗？"我当然不知道，只是那时的童话少，民间故事在我心目中就是童话。

因为想要学中文、当编辑，中学时我严重偏科，爸爸妈妈两个大学物理老师对我的理科完全无能为力，无奈之下只得顺了我的意。我的本科和研究生都读的中文系，号称校园里最清闲的系，功课基本就是看小说和写作文，最繁重的任务就是到图书馆查古书校注。七年幸福的大学校园生活之后，我再次如愿当了编辑，先是杂志社编辑，后来是出版社编辑，中间一度辞职在家七年，写了几本书。

如今，读书、做书与分享读书心得就是我的工作与生活日常。

我在花城出版社做编辑，也负责出版社所有图书的宣传营销。业余做了一个民间文化沙龙，名叫"爱读书会"，刚开始是几个朋友随性做着玩的，谁想一做十一年，不仅被广州几乎所有的报纸整版报道过，还得过全省和全国的好多大奖。我给自己封了个"阅读推广人"的头衔，做电视读书节目主持人，到各种论坛和活动现场分享阅读心得，得过从区级、市级到国家级各种阅读推广人的奖项。

读书于我，既是职业，又是乐趣，或者干脆就是生活本身。

闲暇的时候我读书。读一本好书，就是走进一段人生，或是走进一个世界。每个人的人生只有一次，当你沉浸到一本又一本书里，就好像经历了一次又一次人生。这和当演员有共通之处，只不过演员是用表演将这种经历外化给别人看，而阅读全是内心戏，读得心里花好月圆或是狂风暴雨，只有自己知道。

要学习的时候我读书。想更了解人的心理，我就去读心理学的书；想懂更多科学知识，就找各种科普书来读。精读几本经典作品，大致了解这门学科，心里有了这个学科的大致框架，再读网络上各种"深度好文"，究竟是在你的框架上添砖加瓦，还是看个热闹，自然也就有明确的判断标准了。任何学科都一样，读两本经典性的入门书，比读一大堆网上雄文好使多了。在学校读书十几年，不就是教会你如何学习吗？出了校门后没有老师，有了这套方法一样可以学。

有困惑的时候我读书。书中有我想要的一切答案，只是那个答案不像百度，一输关键词就会跳出来。你得耐心地、有技巧地带着问题去找，在文字的汪洋大海里慢慢接近真相，学着从理论到方法到行动，把书上的知识变成自己的经验。如果读一本解决不了问题，那就再读一本、再读一本。说读书解决不了问题的人只有三种可能：一是读得还不够多，二是没有学会如何找答案，三是有了答案却没有身体力行。杨绛说，"你的问题主要在于读书不多而想得太多"，就是这个意思。

这些年，我经常会在各种场合做阅读分享，有沙发围坐的沙龙，也有报告厅里一本正经的讲座，常有读者向我提出如下这些问题：

1. 我知道读书是一件好事，可是工作忙、家事忙、应酬忙，怎么才能找到时间读书呢？

2. 我经常关注各类排行榜，看着每本书都被夸得天花乱坠，它们真的都值得读吗？

3. 我想读某个领域的书，用关键词一搜索却发现跳出来好多，我该如何选择？

4. 经常买书，从头到尾读完的却寥寥无几，这让我有种罪恶感。要怎样才能更快地把书读完呢？

5. 我喜欢一本书就想要仔细读，还没读完又看到别的好书想要读，结果就是有一大堆只读了一半的书，好发愁，要怎么办呢？

6. 我读完的书很快就会忘掉，过段时间拿起来又像是一本新书，怎么才能记住读过的书呢？

7. 我想解决一个问题，于是去找了很多同类书，读的时候觉得很有收获，但是读完了问题还是照旧，为什么会这样？

8. 我买了一本大家都说好的书来看，可就是读不动、读不进去，怎么办？

9. 阅读真的有那么好吗？为什么我读了那么多书，却不知道读书给我带来了什么好处？

…………

类似的疑问你有过吗？只要这些问题中的任何一个击中了你，这本书就是写给你看的。

一个人如果有日常阅读的习惯，广泛涉猎各种类型的书，一定会总结出一整套专属于自己的读书方法。你拥有属于自己的阅读方法了吗？如果还没有，这本书就是写给你看的。

英国女作家伍尔夫提出过"普通读者"的概念，她说，这些普通读者"不同于批评家和学者，他没有那么高的教养，造物主也没有赏给他那么大的才能。他读书是为了自己高兴，而不是为了向别人传授知识，也不是为了纠正自己的看法"。这本书，就是写给这样的普通读者看的。

在这本书里，我将多年的阅读经验和方法倾囊奉上，也顺带推荐了一些我看过并有心得的书，并且在每一章的后面列出一个主题小书单，如果你是爱读书的同道人，欢迎你来看看我们的口味是否相似。

有人说，阅读不是一件很自然、很享受的事吗？不是只有小孩子才要学习阅读理解吗？成年人为什么要学？

没错，阅读本该是一门童子功，如果能够从出生就开始亲子阅读，识字就开始自主阅读，并在中小学阶段达到足够的阅读量，那么阅读能力会在这一阶段达到一定高度，阅读这件事将内化到骨子里，成为人生的重要部分。如果发现关于阅读的新思路和新方法，也能轻松选择运用，让新方法变为原有阅读技巧大树上的一根新枝干。这个过程在孩子成长的过程中是非常自然的，甚至是在无意识中进行的。这也就是很多人觉得阅读不用学习的原因，因为他们在成长的过程中已经不知不觉掌握了，就像天生具备这种能力一样，当然不用另外再学。

也有一些人觉得自己就是天生不会阅读，学也学不来，那是因为他们的童子功没有练好。把孩童时期应该学会的事拿到成年之后再学，困难与阻碍会大很多。

就像弹钢琴，也是门童子功，很小的孩子上手是很快的，如果能在童年时期达到一定高度，再加上不间断地练习，就能成为一个熟练的演奏者。如果长大了再来学，难度可不是一般的大，再下功夫，大多也只能当业余爱好玩一玩了。成熟的钢琴演奏者，手指一放到琴键上，音乐就会像流水一样从键盘间流出来；而初学者或者段位不够的人弹起来始终是磕磕巴巴的，每个音符是单独蹦出来的。蹦出来的音符当然也能构成乐曲，但这种乐曲缺乏生命力与感染力。

阅读也一样。对于已经熟练掌握阅读技巧的人来说，从选书到快速浏览到决定是否精读，再到如何记笔记，如何融会贯通、内化到自己的生命中，就像成熟的演奏者弹钢琴一样自然流畅，不再需要考虑什么技巧和方法。而对于没有掌握基本方法的人来说，总会遇到这样那样的问题，如果想要做得更好，必须一步一步来，用比孩子多得多的时间反复练习。学方法是为了补上童年缺失的一课，多练习是为了让方法变成本能。

希望这本书能激发你更多的阅读兴趣，也能为你阅读中出现的疑问提供解决方案。

这是一本关于阅读方法论的书。

我在很长的岁月里都看不起任何关于方法论的书，并且将它们全都概括为"鸡汤"。这么想当然，显然是因为并没有看过任何关于方法论的好书。少年人自恋又清高，那时我觉得，找到世界的原理才是重点，方法只是细枝末节。只要想明白，天下就没有搞不定的事情，哪里还需要另外去学什么方法？我还坚信，每个人都是不同的，别人的方法不见得适合我，我又何必浪费时间去看别人的方法？

就这样偏执了很多年，直到近十年来才开始慢慢接触关于方法论的书，一看似乎发现一个新世界。聪明人太多了，加上术业有专攻，很多方法是自己一辈子也摸索不来的。有的书，看完后一下子就解决了困扰我多年的问题。每看到一本关于方法论的好书，我都会忍不住想：如果十年前、二十年前读到这本书，一切是不是会不同？我的人生会不会更加精彩？当然这只是一种游戏般的假想，人生没有如果。

回望那个自恋的少女，真的觉得汗颜。现在的我知道，遇到困难时去书中找解决方法，就是让自己的人生开外挂，那么多专业领域的专家学者做你的高参，能不厉害吗？不过，他们并不能直接教你，能不能学会、能不能用上，就看你的造化了。如果一边看，一边思考、摸索，在实践中又形成一套属于自己的方法和心得，我想，这应该就是智慧了。

很多人觉得关于方法论的书没有用，主要有两个原因：一、选的书不好或者不合适；二、书再好也只是看看就算了，并不会照做。

第一个原因好解决，换本书，不行就再换一本。

第二个原因我就无能为力了。对这样的人来说，任何学习、提升、改善，减肥、健身、计划，都有可能只是说说而已，说完之后继续待在原地焦虑着，眼睁睁看着一个又一个人从他身边越过，去往更高、更远、更美、更好的地方。

最后我特别要说的是，读书是件好事，但绝不是世间唯一的好事，不是唯一的消遣，不是唯一的学习途径，不是唯一充实内心的办法，它只是最方便、最自由、最高性价比的方案。每个人的生命都有太多选择，认清适合自己的路并为之努力，每个人都能过上自己想要的好生活。如果再加上阅读这件小事，你就会过得更好。

愿此书，让你我相遇，在阅读的世界里，我们终将成为自己想要成为的样子。

关于麦小麦的独家书单

我从小就很爱读书，从不挑不拣的自发读书阶段，到后来拿起一本书不出两分钟就能判断出是不是我的菜，该用几天时间还是几十分钟来读它，误判率很低，这真是用时间和数量练出来的功夫。

十年前，我几乎只看文学书，基本不理睬其他类型的书。记得有一次与出版界的前辈胡开祥老师聊天，他几次欲言又止，最后终于郑重地给了我一个建议："你看的文学书已经不少了，我觉得你应该多涉猎一些其他门类的书。"胡老师的资历非常深，经验非常丰富，在后辈面前完全可以摆点架子的，但谦逊的天性让他对"好为人师"充满警惕，甚至连给我一个建议都很犹豫。他的话令我特别触动，也就是从那时开始，我认真对待各种门类的书，既包括需要狠下心来花时间精力硬啃的书，也包括那些以前根本看不上的类型，比如实用类的、关于方法论的书。几年下来一回顾，觉得自己变化特别大。以前的我以思想简单、快人快语自得，现在的我如果再碰上曾经的自己，只会慈祥地摸摸她的头，无奈地笑着说一声"小姑娘怪可爱的"。

不是每个人都能随着年龄的增长而变得成熟，那条一步步走向成熟与完善的路不容易走，它被派克医生叫作"少有人走的路"。投入地生活，任性地读书，是我走向这条路的两个法宝。

我在书的每一章后面都列了一个小书单，书的最后更是列了一个关于书与阅读的长书单。这些都是对我产生过影响的书，带有我强烈的个人色彩，同时也是给入门级读者的书单。如果你是一个决心现在开始走上读书之路，却仍然对读什么书有疑惑的人，不妨先确定自己目前最想读的类别，然后从我的独家书单入手。如果有缘分，我喜欢的书恰好你也喜欢，那就是我最大的荣幸。

目录

第一章　时间篇

一、没时间是个伪命题

　　我经常在各种场所做阅读推广的讲座，每次总有人问这个问题："我好想多读些书啊，可是没有时间怎么办呢?"对很多想要读书而又做不到的人来说，这确实是个非常大的问题。

　　如果时间和环境允许，我就会和提问的读者细细探讨：为什么没有时间?

　　他会告诉我，一天到晚要忙的事太多，工作、应酬、家事……忙完了累得半死，剩下点时间什么也干不动了，只想刷手机、看电视，好好休息休息。

　　时间太宝贵，我们都深有体会。"最稀有的资源是时间，时间是我们租不到、借不到，也买不到，更不能以其他手段来获得的。时间的供给，丝毫没有弹性。而且时间稍纵即逝，根本无法贮存。时间也完全没有代替品。"这是管理学科开创者彼得·德鲁克在他的超级畅销书《卓有成效的管理者》中说的。时间宝贵，正是它的这种特性决定的。

不过我还是会继续追问：你每天有多少时间花在手机上？包括微信、微博、今日头条、小视频、游戏……你看电视吗？追剧吗？每天看多久？你说出差多，等飞机、坐飞机的时间你干什么？

这几个问题下来，基本上没有人再会说自己没时间，因为每个人都明白，时间是有的，只是被花在其他的事情上了。

时间宝贵，但时间也最公平。每个人的一天都是二十四小时，怎么分配，全看那些事情在你心里的重要程度。

在我看来，没有时间读书，就是一个伪命题。所谓没时间，只是一个人没有把读书这件事放在时间排序的前面位置。对于一个真喜欢读书、真需要读书的人，永远不会没时间。

为什么有的人可以一年读几十上百本书，而你想把手头那部长篇小说读完都千难万难？为什么那些有事业、有应酬、有家、有娃的成功人士有时间看书，而你没干出啥成就也没时间看书？因为在那些人心里，读书比刷手机、玩游戏、追网剧、聊天等排序更靠前，他们把你用在这些事上的时间都用来看书了。

我们的头脑中每时每刻都会给眼前的事情排序，有时是有意识地做计划，写出一二三，先做什么，然后做什么。计划很容易做，每个人都做过无数计划，可惜这些计划绝大多数都不会变成现实。前两天还有人和我说："我年初计划一个星期看一本书，想想一年就是五十几本，好激动啊！坚持一个月看了四本，第二月变成一个月看一本，第三个月就变成看了小半本，眼看计划要泡汤了，怎么办呢？"计划没有变化快，是无奈人生的一种常态，做计划只是你头脑中的理智安排，而我们更多行为是被潜意识操控的，头脑还没有意识到，身体就自动作出选择了。如果不解决驱动力、可操作性、激励机制等问题，理智永远敌不过潜意识，这也就是我们说"道理全都懂，还是过不好这一生"的根本原因。

对于喜欢读书的人来说，永远不会没有时间读书，尤其是遇上了特别好看的书，那是无论如何都可以挤出时间的。比如我看《三体》是在2011年春节，那时的情景到现在都还记得特别清楚。那年头还没有这么多阅读 app，手机智能程度也非常有限，朋友发来电子书，我下载到手机上，带着外出过年。那一次约了几家朋友一起到外地爬山、泡温泉，每天都是一大群人同进同出，光我们家就有夫妻俩加三个老人、两个孩子，儿子五岁、女儿一岁，现在想想都觉得闹到脑袋嗡嗡响。我是这样看《三体》的：一路上只要有时间坐下来，掏出手机就开始看，十页八页是看，三行五行也是看；他们一天泡两三次温泉，我只泡一次，其余时间都在房间里看。这也极大地培养了我丈夫对付孩子的本领，后来他一个人带两个娃旅游几天毫无压力。晚上照顾好孩子，我马上窜上床打开手机，一看看到半夜，然后白天哈欠连天。就这样见缝插针，几天就看完了《三体》。当然会有一点累，但更多的是兴奋，沉浸在刘慈欣打造的那个恢宏壮阔的世界里，觉得自己一下子变成罗辑，一下子变成程心，满脑子操心地球怎么办，生活中的那些小烦恼此时还算什么呢？

在往后的日子里，我一而再再而三地向人推荐这本书。我们"爱读书会"请来科幻忠实粉丝、理工男作家雷剑峤做嘉宾，读《三体》；在"爱读书会"六周年派对上，我们以"这六年，我最想分享的一本书"为题进行分享，我选的也是《三体》。2015年深圳读书月首届"华文领读者大奖"颁奖典礼邀请我做开幕演讲，我又以《三体》为例来讲。

后来《三体》广为人知，我私下里总是以为有我一份小小的推广之功。

2015年8月得知《三体》获得雨果奖时，我们一家四口正和朋友在东北自驾游。听到获奖的消息，我在车里欢呼起来，然后热情地向朋友们普及雨果奖是个多厉害的奖，一个没有海外背景的中国人得奖有多了不起。记得朋友们冷静地看着手舞足蹈的我说："哦，你说它是科幻界的诺贝尔奖是吧？可我们就是不知道啊。"

如今，电影《流浪地球》的热映让更多人认识了刘慈欣，知道他获得了国际科幻大奖雨果奖，想想也是很欣慰。

如果你不是仅仅觉得应该读书，而是像我一样觉得读书乐趣无穷，相信就不会找不出时间读书了。

在读书上，仅仅说"应该"是远远不够的。举个例子，考试在即，明明好多功课还没记熟，应该抓紧时间学习，可就是瘫在沙发上起不来，手死死攥住手机刷个不停。即使完全没人和你说话、朋友圈也没有更新，你还是忍不住一次又一次地刷新。关于这种行为，有人称作懒，有人称作拖延，其实这是潜意识基于畏难与逃避而作出的选择。头脑认为温习功课应该排在前面，潜意识认为万一复习了也考不好才更惨，还不如歇着舒服。一头是起身学习，一头是学了也可能白学，就像两个相扑运动员在你脑袋里扭成一团，看看到底是谁打得赢谁。而现实中的你，则保持原样，一直瘫着。你的身体没动，看似在休息，实际上不仅没休息，反而进行了一场异常艰苦的缠斗。等你起身的时候，活像二十四小时没睡觉又紧接着来了一场马拉松，头昏脑胀、身体乏力，精气神用到哪里去了？用到天人交战上去了。

这样头脑与潜意识的交战每天都在我们的身上进行着，有时这个赢，有时那个赢，并不是光靠意志力和计划就能解决问题的。那怎么办呢？怎么才能对抗"没时间"，真的找到时间来读书呢？

让我们先来看看读书到底有什么好处吧。当你的潜意识和头脑一样真心觉得读书这事太好了，太有乐趣了，而且执行起来并不如想象中那么难，时间就会来到你的面前。

二、读书给你带来什么好处？

大家都说读书好，大人要孩子多读书，成功人士告诉普通人要多读书，可是对于很多人来说，"读书好"这个"好"是虚的。"腹有诗书气自华"听起来很美好，但又不知到底有什么用。反正是不如看两集爽剧、玩一会儿手机来得舒服，也不如做几单淘宝生意来得见实效。如果这个好处如此说不清、看不见,那它真的存在吗?

我可以肯定地说是存在的。读书的好处切切实实存在,只是它不是"1+1=2",也不一定那么立竿见影。读书会慢慢地改变你,开阔你的眼界,提升你的思维,让你从1.0缓慢升级到2.0、3.0,乃至N无限大的N.0。

毛姆有篇著名的文章叫《阅读应该是一种享受》,他说:"阅读既不能帮你获得学位,也不能助你谋生糊口,不能教你驾船,也不能教会你发动一辆故障的汽车,但它们将使你的生活更丰富、更充实、更圆满,而感到快乐,如果你真的享受这些书的话。"

我觉得他说得其实并不对。

因为读书读得好,既能帮你获得学位,又能助你谋生糊口,还能教你驾船、修故障车。可以让你生活得更丰富、更充实、更圆满以及更快乐。

我的朋友、作家连谏说:"读书可以开解人生,擦洗灵魂,修正自我。读书对我而言,真正意味着改变命运,如果出身农村只有初中毕业的我不读书,现在我可能是个农妇或流水线工人,要为谋生而疲于奔命,做着自己并不喜欢的事情,对人生完全失去主动权。读书,让我开拓自我,可以自主选择自己喜欢的生活的样子。对我而言这就是成功的人生:有资本做自己喜欢的事情，过自己想要的日子。"

我的人生导师、作家张欣则将读书的意义概括成三点：

"首先是读书可以帮助我建立起自己的价值观和思维方式，我们在工作和生活中会碰到很多事，很多选择，接受各种大小打击，最终汇集为四个字：解决问题。那么我们至少要明白从哪个角度去思考，结果大概会怎样，从千万条路中决定怎么走怎么做。很难想象从来不读书的人怎么思考这些问题。

其次，女人最重视的是自己的容颜，读书可以改变容颜已是不争的事实，它可以令人从容、安静、祥和，拥有淡淡的书香气。

最后，我要给自己的孩子做出榜样，一个天天打麻将的母亲叫孩子好好读书并没有说服力。读书是终身受益、成本最低、得到最多的一件事，是一生陪伴不离不弃的朋友。"

书评人刘炜茗说："阅读给我的生活带来的东西太多了，应该说，没有阅读，我就不会是现在的我。我猜，世界上少一个无趣、无知、粗鲁、猥琐的人，总归是好事吧。我一直希望为这个世界做点好事，阅读可能是最便捷的一种方式。"

这些人都是以阅读和写作为人生的，对他们来说，阅读是他们成为文字工作者的根本原因。

那么，对从事非文化业工作的普通人，阅读又能给他们带来什么具体的好处呢?

(一)获得乐趣,让休闲时光更充实

阅读让你以文字为桥梁走进别人的命运,走进高人的头脑,故事的跌宕与思维的激荡都是人生乐趣的重要来源。

又有人会说:"我从没觉得读书有乐趣。"

对,这是症结之一,原因很简单——你的阅读能力还不够。如果你的阅读能力只是刚刚能掌握文字的意思,还不能理解文字间蕴含的趣味,也不能将文字转化为你自己的知识与能量,只是为读而读,阅读就是一件苦差事。

要领略阅读的乐趣,需要更深的理解与感同身受,更多地将书中的内容转化为自己的实际经验。在阅读这件事上,理解就是乐趣,投入就是乐趣。当你阅读量增加,理解能力提高,能够读出文字背后那些人物的命运流转,能够读出宏大宇宙间的未知感,能够读出故事背后的思想与逻辑,以及无限丰富的内涵,你就会深深感受到情感与思想的双重震荡,那个时候,阅读的吸引力自然产生。

孟德斯鸠说:"喜欢读书,就等于把生活中寂寞的辰光,换成巨大享受的时刻。"对爱读书的人来说,阅读就是人世间最好的娱乐休闲。如果之前你只有打游戏、看网剧、刷手机这

些休闲娱乐方式，那么试试读书吧！从东野圭吾的书或《岛上书店》《追风筝的人》《三体》这些易读而又"有料"的小说读起，慢慢读，多读几本，你一定能很快体会到这些作品比"霸道总裁爱上我"的玛丽苏网文和网剧高级得多的地方。

以什么样的方式娱乐休闲，是衡量人生质量高低的一个重要标志，麻将族群与读书族群显然是不同人群，谈论偶像剧里流量小花的腿是细还是粗的人，与谈论人类如何走到今天的人也不是同一类人。想要成为哪种人，由你自己决定。

（二）解决问题

当生活中出现问题时，我们可以有很多解决办法：向别人请教、到网上搜索、报名上微课、上各种大师班……这些都可能让你找到解决方案，但读书无疑是最方便也最靠谱的方法。

比如你是一个新手妈妈，在育儿过程中各种问题层出不穷。除了在饭局上各种诉苦、各种请教，到网上一通乱搜，甚至去找专业人士，还有一个很好的办法就是找一些好的育儿书来看，从方法到观念，能很快提升你的育儿水平。真的有太多人通过阅读成为一个更好的妈妈，这是一个具有非常强大驱动力的阅读目标，它会让你产生不可思议的动力，在孩子熟睡之后、半夜喂奶之后、累了一天之后，你都会兴致勃勃地拿起一本《育儿百科》或是《爱和自由》来读，而且会读得兴致盎然。

再比如你觉得和母亲的关系有问题，导致自己的心理出了问题，在去找心理医生之前，也可以通过读一些书来弄清自己身上发生了什么事，比如《母爱的羁绊》《不要用爱控制我》《为何家会伤人》。悟性高的，程度不严重的，自己看书就解决了，自己成了自己的心理医生，多好。我知道很多中途去学心理学、爱上心理学的人，都是急于解决自己或亲朋好友的心理问题的。

假如你在事业上觉得"内存"不够，影响了你的专业发展，不要犹豫，赶紧开始认真精读专业书，苦练"内功"。只有自身功力提高了，当机会来临的时候你才抓得住。

这些旨在解决问题的明确而紧急的目标，会在短期内使你求知若渴，迅速养成爱读书的习惯。而习惯一旦养成，但凡遇到问题，先学着通过阅读与学习来解决，这就是一种永远进步、走向智慧的姿态了。

（三）增加技能和知识

我们从小学读到大学，基本上都在学技能、学知识，可是千万不要以为工作后就不需要学习新知识了。这个时代知识更新如此迅速，如果再以这种老旧观念行事，根本不用等人工智能时代的到来，你就会迅速被甩到后面。那些在单位里倚老卖老，还埋怨年轻同事经验不如自己为什么升职比自己快的，多半就是这种人未老、心已衰的家伙。

从书本里可以学到的，除了我们通常理解的文学、历史、科学、心理学等学科知识，还有大量实用的、与我们生活和工作息息相关的知识与技能，比如如何提升当众讲话的水平、如何把家里收拾得更整洁、如何让婚姻更幸福……有许许多多既有科学性也有实用性的书。只要找对路，一本书就是一位专业教练，问题在于，你既要学会选书，也要学会学以致用，这些问题我会在后面的"选书篇"和"运用篇"里谈到。就算是一本正经的学科知识，也有很多比你想象中的教材更好读、更容易掌握的书。早年读过太多教材，那些枯燥的写法、不分重点的结构特征、严格甚至死板的教学方法，正是让很多人一提起学科知识就头大的重要原因。但是，请相信我，你现在长大了，不必被家长、老师管，也不必单纯为考试而读书了，只要找到正确的阅读之路，你将会以更高的效率学到更多的知识和技能，你的人生也许会从此"开挂"。

如果我们的阅读目标是增加知识与技能，请将这个目标细化，细到与你真正的兴趣和目前的工作生活紧密相连，再根据目标去找到适合的书，一头扎进去，通读、细读，然后学以致用，这才能够真正把书读成你自己的。比如你想要提升口才，于是买了《演讲的力量》《高效演讲》等书来看，但事实上你并没有多少当众演讲的机会，对书里的策略和要点理解不深，读了也没有实践机会，读来读去就会感觉不太有用。那么不如读一读马东出品的源自《奇葩说》的《好好说话：新鲜有趣的话术精进技巧》，或者经典的《非暴力沟通》，书里教你的说话方法在生活中时时处处都可以用到，当你看到变化、看到成效，就是你最有动力的时候。

（四）提高社交魅力值

古人说"腹有诗书气自华"，气质好了，魅力值自然上升。不过这是个经年累月的事，要想以阅读提高社交魅力值，多看好书、多思考，增加话题好和别人聊天，这听起来像是一个浅薄的目标，其实不然。

要知道，书籍产生的原因并不是给大众看，让更多人受教育的。因为最开始的书又难做又昂贵，普通人根本没有条件接触。除了记录家国大事，就是一些有钱有闲又有文化的人写出来显示自己很有才华，并和同阶层同圈子里的人交流。后来造纸术、印刷术发明，书的推广普及才有了可能，才被知识阶层和统治阶层用来教化民众。所以，书的社交功能一直存在，在我们这个线上线下皆社交的时代更是如此。

有个时髦的词叫"社交货币",就是社会中个体在获取他人认同感与连接感时对自身知识与阅历的消耗与使用,其实也就是谈资,是你在与人社交时用话题打造的自我形象。比如你熟读了《人类简史》,可以在聊天的时候引用书中观点,让别人觉得你的知识丰富,分析深刻,这就是你对社交货币的消费;别人对你认同、愿意与你聊天,就是你获得的认同感与连接感,是社交货币所购买到的东西。社交是人的社会性的重要体现,认同感与连接感是人活在这个社会上最需要的感觉,可以通过阅读来获得,多好啊。所以,下次再听人说"我想看更多的畅销书,让我多一些谈资,免得下次朋友聚会别人谈起最近流行的书的时候一脸茫然",你就知道这其实是一个非常好,且极具驱动力的阅读目标。

(五)脑力训练

以前的脑科学认为,大脑只能发育一次,脑神经元死了就不能再生。后来,越来越多的科学家发现,大脑神经元与神经突触都能再生,大脑中负责各种功能的区域位置随时都在改变。如果重复有效地刺激大脑,可以加强和改善大脑原本不足的功能,运算、记忆、做手工等都是刺激大脑再发育的方法,而阅读文字也是其中一种最方便、最有效的方式。看到文字然后理解其内容，继而理解其中无限丰富的引申义，对大脑来说是一个非常复杂的运算过程，比起看图、看影像来理解要曲折得多，对增进大脑思考功能的作用也最大。

大脑的复杂程度超乎我们的想象，直到近年，脑科学家们才弄清人在阅读的时候大脑是如何工作的。阅读的过程，是书本上的字形和文字的读音相互结合的过程，大脑又将它转化为图像与意义，这时，便在大脑的神经元中构建了一个有效的神经回路。不断阅读的过程，就是不断刺激神经元、不断建立新回路的过程，这就是大脑的习得性。这是一个螺旋体般的完善过程，我们的思维从简单到复杂，从单一到多元，永无止境。不难想象，一个经常阅读的人与一个不阅读的人，十年、二十年过去，他们的大脑会有怎样的不同。

经常学习、经常阅读的人，因为不断在进行大脑锻炼，晚年得阿尔茨海默病的可能性也会大大降低。

（六）提升自我，建构价值体系

这个目标比较高远，基本类同于"成为一个更好的人"。但对于很多因为读书而改变了命运的人来说，却是一件实实在在的事。

　　每个健康的正常人活在这个社会上，都要建构一套自洽的逻辑体系，这是我们行动的准则，也是人生意义之所在，不同的逻辑体系造就不同的人生。逻辑体系有高配版也有低配版，要想将低配版升级为高配版，唯有学习这一条路。找准方向大量阅读，尤其是阅读高于自己现有认知的书籍，是升级认知体系的最快的一条路。

　　每次一有什么爆款新闻，网络上就会有人迅速站队，吵得不可开交。大部分人并不参与这种无聊的争论，但思维还是会被那些大号和"爆款"网文牵着走，看这篇觉得有道理，看那篇观点相反的也觉得有道理。这些作者为什么能看得那么深、角度那么独特呢？当你意识到这一点，就是你该升级自己的认知与思维系统的时候了。有两本书这时可以帮到你，一本叫《学会提问》，一本叫《思辨与立场》。两本都是论述批判性思维的书，教你一整套跨越偏见、客观而深入地看待事物的思维方式。

　　有深度的文学作品是升级认知体系的最好教材。《红楼梦》对人性的洞悉，《战争与和平》对战争的洞悉，《飘》对大时代的洞悉，《约翰·克里斯朵夫》对命运的洞悉，读进去、沉下去，陪着书中人物到那个年代那个世界走一遭，一定会刷新你三观中的一些部分。

还有《万物简史》《人类简史》这样的社科类作品，通过文字引领你认识宇宙，让你换个角度思考人类的前世今生。酣畅淋漓地看完，你的某些部分已经悄然改变，你已是一个视野更开阔、思维更深远的你。

日本明治大学教授斋藤孝在他的作品《超级阅读术》中说："我们与各种书相遇，注入脑海的知识和修养建起一个网络，让我们的精神变得如同丛林那么富有。"

这是一条不好走的路，需要更高级别的阅读能力、学习能力和自律意识的加持。正如《少有人走的路》一书的作者派克医生说："自律，是解决人生问题的首要工具，也是消除人生痛苦的重要手段。通过自律，我们就知道在面对问题时，如何以坚毅、果敢的态度，从学习与成长中获得益处。"

三、细化的目标让你有时间

对于那些说"我真的找不出时间读书，怎么办"的人，我会很肯定地告诉他，你不是没时间，你是没有驱动力。他多半会很委屈地说："我有驱动力呀！我想多看书啊！我想成为一个知识渊博的人，我想成为一个更好的人，这不是驱动力吗?"

这是驱动力，但还远远不够。这是一个宏大而空洞的愿景，不具体，没有针对性。你只会把它放在心里遥望着，虚幻地想着也许有一天会实现，而不会产生什么切实的感受。一个不能真正打动你、不能与现实挂钩、不能对你产生巨大诱惑的目标，也就不能驱使你在忙碌的生活中见缝插针找时间来实现。这样的目标，看似远大，实则无力。

基于阅读的各种好处，我们再来设置一个能为我们提供强大驱动力的读书目标。什么才是让人产生动力的目标呢？它们有四个特点：一是与实际利益挂钩，二是难度可控，三是有时限，四是有赏罚。只有满足这四个条件的目标，才是能够真正让你产生动力的目标。就算你心中有"成为知识渊博的人"这类的宏大目标，你也必须把它细化，用具有这四个特点的小目标来支撑，否则就只能是空话一句。有时我们那些拖延症、懒癌、没有时间等都是表象，实质上还是因为我们的目标定得不好，没有操作性，只能流于空谈，不明真相的头脑还在做梦，聪明的潜意识早已用行动放弃。

举个例子，大家都想拥有更健康的身体、更美好的身材，这种美好的愿望每个人心里都装着一个。可是这个目标如何实现呢？大家也知道——健身啊！如果你的思维仅仅到了这里，那个跑了三天就放弃、买了健身卡从来用不完的就是你。

每个长期坚持健身的人，心里一定都有"身体更健康、身材更美好"的美好愿景，可他们有的绝不仅仅是这个，在这个大目标的框架下，他们有着更具体、更有针对性的小目标。比如有的人的目标是每天一万步，一万步是一个具体可感的确切数字，只要往前走就能实现，也不会让你累到死去活来，时效是一天。每一天，他们都可以用这个数字来考核自己的目标完成情况，走满了就发朋友圈，很开心，这份开心就是对自己最大的奖励。如果有一天没完成，就会觉得少做了一件事，心里会有些小小的遗憾。这种遗憾和不舒服的感觉，就是对应奖励的"罚"。每天一万步，就是一个非常有动力的目标，所以才会有那么多人能够坚持下来。虽然运动专家说，如果只是日常生活随意走一万步，对健身并没有想象中的好处，那就是另一个关于科学健身的话题了，我们这里不讨论。

有的人设立"一年后我要参加半马"的小目标，这也是一个很有驱动力的目标。为了达到这个目标，一个跑步"小白"必须学习有关跑步的知识，规划自己的跑步日程，不断和跑友们交流，并用别人的经验和成就激励自己。一年后一旦他真的实现了这个目标，那种成就感是无可比拟的。而那个时候身体已经对跑步产生了习惯，想停都不愿意停下来了。这个目标，具备与实际利益挂钩、难度可控、有时限、有赏罚这四个特点，是一个具有超级驱动力的目标。

　　关于设立健身的目标我也特别有心得。我不想成为健身达人，也无意参加马拉松，可是我想身体更好、身材更美，很多年来我就是以此为动力面对健身这件事。跑步、快走、HIIT（一种力量型高强度间歇训练方法）、健身房我全试过，可是都很难坚持，做做停停，所以没有什么效果。

　　直到前两年，我看见自己穿紧身背心裙的时候拍下的照片，第一反应是：哎呀不好，我以后再也不能穿这样的衣服了。可是转念一想，这一放弃，衣柜里那么多修身旗袍都得扔掉吗？我才不干呢！于是我在心里暗暗设了个健身小目标：练出胳膊上的线条、减掉小肚腩，让我穿旗袍的时候心里不再发虚。我给自己的时间是一年。

　　这是两个非常具体、非常有诱惑力的小目标，立马成为我健身的超级动力。我在网上找到大量的健身方法，并根据自己的实际情况制定了每天在家健身二十分钟以上，瑜伽、舞蹈、哑铃组合的方案。首先，这个方案在家进行，可以见缝插针进行，不用大老远到江边跑步或者上健身房，光在路上就要耗费两个小时。对于我这种有两个娃的妈妈来说，还可以一边健身一边陪娃，甚至可以拉着娃像做游戏一样做做运动；其次，这个方案很轻松，不像跑步或者HIIT那么累。现在这几样运动的组合做下来不会太疲劳，反而会让身体很舒服，显然更适合我。再次，这个方案有趣而有美感。在网上找到我喜欢的瑜伽或舞蹈视频，在美好的音乐中跟着运动，完全就是修身养性。工作了一天，再疲劳都会愿意活动一下。

每天早上起来，跳下床就在镜子前拉伸十分钟；下班回到家，吃饭前，一边跟小朋友聊天，一边举十分钟哑铃；晚上洗澡前又可以运动一会儿，有时一天的运动时间远远超过了二十分钟的标准，有空的时候更是可以在瑜珈垫上练一个多小时。

慢慢地，有人见我就说："咦，最近好像瘦了?"我会很自豪地告诉他，体重没变，只是我在健身，估计是肉变紧了。前段时间因为穿上太紧而准备扔掉的牛仔裤居然也可以穿得很轻松了，各种紧身裙子也可以无压力地往身上套了。

十年前，我没有娃，不上班，不做读书会，应该说比现在清闲多了，却没有把健身这件事坚持下来，理由同样是"没有时间"。那时我也挺忙，读书、写作、旅行、饭局、各种聚会，说"没时间"并不觉得脸红，可现在看来就是不会管理时间。如今的我有两个上小学的娃，有一份需要天天上班的工作，还有无数不定期的阅读推广活动必须在台前幕后付出时间，时间变得无比宝贵，可是身体的变化让我产生了比当年更大的动力，而更恰当的目标制定也让实施成为可能。目标具体化后，并不需要随大流去跑步或者去健身房，也不必每次花费那么多时间。重要的是这样运动更精准、更持久，从没有时间到有时间，我终于让健身成了生活中的必需品，再也不会说没时间健身了。

读书是一件与健身非常相似的事，都是想让自己成为更好的人，都需要长时间克服惰性、付出劳动。想要养成阅读的习惯，完全可以参考健身的思路。如果你仅仅把更渊博、更有见识、更有能力、更有趣味这些好处当成目标，很容易无法坚持。有些人将解决办法寄希望于外界，比如四处去问：我没时间看书怎么办？你说我该看些什么书？或是到处去找攻略，看"深度网文"。达人们的攻略和方法都挺好，但还是实行不下去，为什么？因为缺乏具有强烈吸引力的目标，动力不足啊！

另外，太过"高大上"的目标还容易变成你心里一个沉重的负担，觉得读书之前非沐浴更衣、焚香净手不可，至少也得把生活俗事全都安排妥当，工作做完了，家里收拾好了，孩子睡下了，这才能拿本好书细细读。这样看书当然是美事，可是如果一定要把读书和这样的情境联系在一起，并将它仪式化，随之而来的就是各种对没时间的抱怨和无奈了，这就变成了一种自我设限。

对读书，我们也要制定与实际利益挂钩、难度可控、有时限、有赏罚的目标，比如下面这些都是很不错的目标：

★用一年的时间深读二十本权威专业书，边读边实践，拓宽我在职业上的可能性；

★用半年时间研习一个新领域，开一个公众号，然后一边写作一边继续研究这个领域；

★我对欧美文学（科幻小说、悬疑小说……）有兴趣，可是读得还不够多，列个包含三五十本书的书单，用几个月读完它们，和同好们聊起来才有共同语言；

★每个月至少看两本排行榜上的畅销书，多了解文化热点，多一些谈资，朋友聚会谈起书的时候也不会一脸茫然；

★失恋了，好痛苦，我要用三个月的时间读很多很多经典爱情小说，看看人家的恋爱是什么样子的；

★工作好闲，空余时间好多，计划每个星期读一本厚书，而不是像以前一样只用朋友圈、网剧和游戏来填满时间；

★参加一个"每天读书半小时"的微信打卡活动，每天晒书打卡，用这个办法来督促自己每天都读书，看看能坚持多久。

…………

有了这些具体可行的阅读目标，并在阅读中慢慢体会到益处，你就会发现电视和手机的诱惑没那么大了。只要拿起一本书，你的阅读时间就开始了。

没时间？不存在的。

四、十一个时间策略

有了合适的目标，我们还需要一些策略，来从我们本就排得满满的日子里找到时间。我总结了十一个策略，但每个人的具体情况不同，我相信，只要用心，还可以找到更多的方法和策略。

策略一：马上、立刻

有些人认为，看书就需要一个合适的时机，什么才是合适呢？要清静、舒服、没有干扰、沐浴更衣、心情大好……抱着这种念头的，就是那些天天念叨"我好喜欢看书啊，可就是没有时间"的人。

对这种天时地利人和的美好时光的等待和憧憬，其实只是你没有足够动力去读书的借口。赶紧把一切借口抛开吧！立刻、马上，拿起一本书，你就可以开始读书。

所以，时间规划的第一条是：马上、立刻，没有任何借口。

策略二：从五分钟开始

如果你决定，从今天开始，要把每个晚上看微信的时间全都用来读书，听起来是很厉害哦，可是别说坚持，你很可能一天都不能完全做到，因为这个目标太难了，没有超常的意志力根本无法实现。

所以不要盲目挑战自己了，不如来个小小的简单改变："我要每天看五分钟书。"这个容易了吧，五分钟，谁没有五分钟呢？选好一本书，定个五分钟的闹钟，然后集中注意力开始读。读了一会儿，闹钟响了，你却很可能不愿意停下来。没关系，那就读下去好了，六分钟、七分钟，又一个五分钟……五分钟确实很短，很容易做到，但五分钟是一个很好的开头，有了这个五分钟和一本适合你的书，书很容易就看进去了。

那么，每当头脑说"今天没有时间读书"的时候，给自己五分钟，就五分钟，也许就给了自己一个无限的可能性。

策略三：用好碎片时间

每天都用一大段完整时间来读书，对现代人来说太奢侈、太难做到。我们的时间常常被各种事情切割得支离破碎的小段时间，等车、排队、等朋友、等孩子、候机……细细梳理，每天我们都有太多的碎片时间。通常我们都会掏出手机，一遍又一遍地刷朋友圈，大群小群里跟人有一搭没一搭地聊两句，这些事有意义吗？有，还蛮轻松有趣的，可以增进朋友间的友谊。是不可缺少的吗？不是，每天只要集中在一个时段看看朋友圈、把各个群扫一遍，其实没有什么会错过。所以，不如阅读吧，这才是为你补充养分的方法，看一篇订阅号里的好文章，或是打开阅读 app，看上几页书。

碎片时间虽然琐碎，但集中起来要比我们想象的多得多。

我写这本书的时候采访了作家张翎老师，关于碎片时间的利用她很有心得："在我还是全职听力康复师、业余作家的年代里，我读书的时间很有限。我会在办公室的午休、茶休时间，一个病人和另一个病人之间的间隙里，排队买咖啡的空当里，晚上睡觉之前的半个小时里抓紧时间读书。现在我辞去了工作，时间比过去充裕了，但很惭愧，也不见得比过去读的书更多，主要是电子信息的入侵和应用，不可避免地占用了一天中的一些时段。但电子信息又是和这个世界保持同步的一个手段，所以我还在摸索着如何能协调'出世'和'入世'之间的平衡关系，尽量争取努力多读一些书。"

看，大作家就是这样，忙从来不是少读书的理由，再忙的状态下也会抓住一切机会来读书。

我用了一个叫"时间块"的时间管理类 app，将一天

二十四小时里的每个小时画成四个小格子，也就是将时间分成
十五分钟一个单位。用了这个 app 我才惊讶地发现，一天下
来，十五分钟以上、半个小时以内的空闲碎片时间多达数小
时，而通常都被我以看手机、磨蹭的方式用掉了，如果好好规
划一下，其实是很宝贵的时间资源。

　　要利用好碎片时间来阅读，必须有充分的准备。以前我喜
欢在包里放一本开本较小、重量较轻的书，现在只有坐飞机、
坐火车时才会这样干，其他时间可以通过手机阅读。我的手机
里有十几个读书 app，要问我为什么要下这么多，因为它们各
有所长，当然也因为我是一个阅读工作者，不试用没有发言权
嘛！对不是这个行业的人来说，下载一两个喜欢的 app 就足够
了。我还会在后面的章节里详细介绍我用过的各种阅读 app。

　　还有 Kindle，怎么能忘了它呢？手机阅读再怎么发达，
还是不能取代它，因为它干净、纯粹、专注，也因为它是一种
象征，是那一类爱读书、追潮流，但是又站在潮头不远处笑看
云起云落的人的象征。有时在外用 Kindle 看书，突然发现旁
边也有一个人在用，两人会忍不住抬头看看对方，微微一笑，
迅速达成某种默契，茫茫人海，我们是一类的，这真是一种美
好的感觉。

　　在眼和手不得闲的碎片时间里，还有另外一种阅读的拓展

方式,那就是听书,比如开车、走路时,都是听书的黄金时间。听书有两种,一种是听原文朗读,同样的一本书,听要比看慢很多,而且接收方式也不同,个人的接受度不太一样,我就觉得听原文太浪费时间,还容易走神。另一种是听人讲书,比如著名的"罗辑思维""樊登读书会",各种免费网课和付费课程,还有散布在"荔枝FM""喜马拉雅""蜻蜓FM"上的各种收费或免费的讲书,选择非常多,很容易找到自己喜欢的。特别说明一下,听人讲书不是真正的阅读,只是阅读的一种补充方式。准确来说,我们听的是别人的摘抄笔记或是读后感。如果你对他们讲的内容有感觉,还是要花时间去读读那本书,不然,即使有收获,也是二手信息,等于吃了别人嚼过的馍。当然也有人认为吃的是高人提炼出来的精华,这事见仁见智,自己选择。

碎片时间都短而零碎,但也正是因为这种特点,反而会对阅读造成一种紧迫感,让读书特别有效率,尤其适合那些讲方法论的书、散文随笔类的书,几分钟、十几分钟,看上一个章节,或者读一两篇小文,感觉挺充实的。美国教育家贺拉斯·曼说过:"每天努力挤出一点时间阅读,哪怕只看一句也好。如果你每天挤出十五分钟阅读,一年下来也会是不小的收获。"

利用等待的时间看书还有一个巨大的好处,那就是等待再漫长都不会觉得焦虑了。人不焦虑，云淡风轻，不嫌车老不来，也不骂娃动作慢，也不责怪朋友不守时了。心情一好，什么事都好办，这也算是利用碎片时间读书的一大额外收获。

要特别提醒的是，碎片时间最好不要去看那些结构完整的大部头作品。逻辑严谨的专著、故事节奏紧凑的长篇小说都不太适合，原因是这样的书需要脑力或情感的投入，一方面要回顾上次看到哪里，一方面又要将思路延续往下深入，每次进去和出来都要花一点时间、花一些心力。如果不断被打断，进入的时间会很长，而反复的打断很快就会消磨你对这本书的热情。有些人觉得一部长篇小说很好看，可就是读不完，而且读着读着就放下了，一边遗憾，一边又捡不起来，自己都不知道是什么毛病，一个极大的可能就是因为看书时间太过零碎，很难全身心地沉浸到书的逻辑结构或者故事情节中去，享受不到投入的乐趣，最终消磨了对这本书的兴趣。

策略四：用好整段时间

无论多么忙碌，生活中还是可能有一些相对大块的时间，比如睡前、坐飞机、午饭后、工作告一段落等，不一定每天都有，但总会有。这些时间如果用来刷微信、看小视频、玩游戏，一两个小时转瞬即逝，时间过了之后觉得啥也没干，心里又很懊恼。如果把它们拿来读书就不同了，阅读速度快的人一两个小时能看完一整本书，心里会感觉收获满满。

那些不适合碎片时间看的长篇大论，就是这个时候的首选。睡前半小时到一小时，对我来说特别适合看一本学科类的专著。这个时候夜深人静，心境澄明，思考力也比较强，有事半功倍的效果。另外还有一个更大的好处，就是这种书有点烧脑，看着看着就会犯困，那就赶紧放下书睡觉吧！据说睡着后，刚看过的内容还会在你的潜意识里反复出现，有助于增进理解、增强记忆力，是不是感觉赚到了？

睡前最不适合我看的是情节紧张的长篇小说，原因很简单，我整个人会被故事紧紧抓住，弄得睡意全无，一直看下去。无数次我忍不住睡前拿起没看完的小说，告诉自己只看半小时，可结果总是不看完最后一页根本放不下，而睡觉的时间，视书的厚薄从凌晨一点到后半夜都有，导致严重睡眠不足。

可是看书这事真的因人而异，有人觉得有难度的学术书会把人的脑细胞全都调动起来，让思维异常活跃，反而睡不着觉，那他睡前就最好不要看这类书。

书评人刘炜茗关于读书要坐着读还是躺着读就有个有趣的说法："坐在书桌前读的书，往往是怕自己脑子不够用，如接待客人，要正襟危坐才好；能够躺着读的书，仿佛是和老友见面聊闲天，可以赤膊相见。"

他也是特别重视整段阅读的时间，他说，自己只有在没有任何外界干扰的情况下，才能静下心来阅读，这些时间通常是深夜、周末或是假期。

用整段的时间来阅读和思考，是深度学习的基础，也是鉴别学习能力高低的关键。你如何使用自己的整段时间，简直可以上升到你如何对待自己的生命，你还想让这些时间在毫无目的中度过吗？

策略五：应对拖延症

人人都有拖延症，或重或轻。尤其是遇上特别难做的事、不情愿做的事，再利索的人都会用拖延来应对，更别说我们身边无处不在或者也包括我们自己在内的轻度、中度、重度拖延症患者。

在这里我并不想谈如何克服拖延症，那是一个世纪难题，让心理学专家、效率专家、管理专家们去操心吧，我只想介绍一个小方法，让你的拖延变得比较有益。

当你拖延症犯了的时候，与其焦虑地消磨时间，不如随便去看一本书吧！拖延仍在拖延，但至少可以让这段时间不再被白白浪费。如果还能选一本与你拖延的事情相关的书，说不定会让你灵感大爆发，彻底摆脱拖延状态呢。

就像我在写这本书的过程中，无数次拖延症发作，我就会想，不想写就不写吧，我来看看人家怎么写的，于是顺手拿起一本关于读书的书（为了写这本书，我几乎买齐了坊间所能找到的每一本关于读书的书，所以这本书里不光是我自己几十年的阅读经验大集合，也汇集了古今中外各路牛人的阅读经验和方法，在书的最后一章"关于书的书"里，你会看到我对这些书的总结）。看看看着，很容易获得灵感，拖延变得不再可怕。

策略六：在别的事上省时间

俗话说，时间像海绵里的水，挤挤总会有的。怎么挤，是个很大的问题。

提高工作效率、找到做家务的科学方法，都是挤出时间的好办法，这些都有相关领域的专家和书籍，这里不展开论述。我只想说两件我特别有心得的事，这两件事看起来不大，但是占用了很多时间，如果能调整一下，就会挤出很多时间，产生奇妙效果。

第一个要下手的当然是没有目的地刷手机的行为，这种行为和你没有想看的节目，却拿着电视机遥控器按来按去一样。时间都花掉了，却没有任何收获，最让人沮丧。比如常常无意识刷来刷去的朋友圈，每天用掉的时间都可以以小时计。不过，你也不用下决心彻底戒掉，那对一个养成习惯了的人太过残酷，很容易失败。其实，你只要每天在一段时间内把朋友圈入口关掉，再统一在一个时段打开来看看就可以了。这样就不会有不断跳出来的回复数字干扰你，而你甚至可以照发朋友圈。所有的点赞和回复你一个也不会错过，但比起每跳出一个数字就看一眼，不知节约了多少时间。剩下的时间，够看好多页书了。

最没自由时间的，当数努力想要陪娃的事业女性。工作时间已经占据了她们的很大一部分，剩下的时间恨不得一滴不漏地全用在孩子身上。但只要你有心，陪娃的亲密时光里仍然可以找到自己的安静阅读时间，还可以培养孩子从小阅读的习惯，为他以后上学读书打下坚实的思维与理解力基础。

具体要怎么做呢？

亲亲、抱抱、妈妈宝宝之间的小情话、头碰头玩个傻傻的小朋友游戏……在这些一定要进行的亲密交流之后，搂着宝贝一起读一本绘本也是极妙的。从小你就搂着他这样读书，等他识字了，读书成了习惯，会很愿意自己看书，你们的相处时光就可以变成紧紧挨着坐在沙发上、床上，他看他的绘本，你看你的书，安安静静的，谁也不打搅谁，温馨的场景中只有美妙的能量在流动。

只要你早早行动起来，孩子识字后自然会爱上读书，这样美好的阅读场景就离你不远了。这就是从陪娃这件事上挤出来的阅读时间。

如果你说，以前没有培养，现在孩子不爱看书了怎么办呢？也很简单，从自己做起，你拿起一本书，再帮他挑一本好看的故事书。言传不如身教，这个方法一定比你天天骂他不读书要好。

策略七：固定时间，养成习惯

在超级畅销书《习惯的力量》里，普利策奖获得者、作者查尔斯·都希格告诉我们，一个人每天的活动中，有40%是习惯的产物，而非自己的主动决定。习惯是什么？是我们经过意识与潜意识的共同决定后作出的选择，并且在相当长的一段时间内实践这个选择，直到不再需要花时间思考仍然可以每天进行的行为。习惯形成后，就像一个固定程序植入大脑，大脑会在特定的时候自动运行这一程序，不必再经过当初那样的思考，这是大脑自动选择的一种省力模式。

知道了这个道理，很多有益身心、一直想做而又没有做到的事，只要刻意执行一段时间，直到每天一到点就想起这件事，某天不做就觉得少了一点什么，这个时候你的习惯就算养成了。

养成习惯最简单的方法就是固定在一天的某个时刻做固定的事，请在你的日程表中仔细找到这样一段时间。比如睡前半小时，就是非常美妙的看书时光，拿本散文集，看两篇，睡觉都睡得香一些。比如刚起床或者是某顿饭过后，总之是你一定可以用的时间，确定下来，然后找几本你会喜欢的书，开始读吧，每天五分钟、十分钟、半小时，当习惯养成的时候，就是你坐享成果的时候了。

策略八：杜绝干扰

不要太过相信你的自制力，不要以为手机放在触手可及的地方、每来一条信息就滴滴响时你还能抵挡得住它的诱惑。想要安安静静地看书，就要给自己一个清静的小环境，五分钟也好，半个小时也好，在这一段你计划看书的时间里把房门关起来，把娃安顿好，把手机调到静音状态，并且放到伸手够不着的地方。如果你是用手机看电子书，那就把手机调成飞行模式，既没有电话打扰你，也没有网络引诱你。

这些人为制造真空环境的措施对大多数人来说非常有必要，因为大多数人的自制力是一个变数，是经不起强诱惑的。我们就把诱惑关在门外好了。

这个方法对我非常有效，我以前总是晚睡，哪怕按心里想的时间躺到床上，关了灯，还是会忍不住拿起手机来刷一刷，看看有没有什么新消息，一转眼，半个小时甚至更长的时间又过去了。后来，我干脆不把手机带进卧室，强行断绝与它的联系。刚开始，心里痒痒的，总觉得就刷五分钟有什么关系呢？这时候要起身走出卧室去拿手机又有点为难，左右斗争中就睡着了。就用这简单的一招，彻底改掉了晚睡的坏习惯。坚持一段时间之后，在习惯和自制力的双重影响下，即使把手机带进卧室里，也就没有那么强烈的要刷的愿望了。

人为制造一个安静又隔绝的阅读环境，刚开始需要很刻意，当养成习惯之后心会很自然地静下来，很容易投入一段或长或短时间的阅读。

策略九：利用工具记录时间

我们常常会有这种感觉，一天到晚忙忙碌碌，但不知道具体忙了些什么，搞不清时间都用在什么地方了。这种时候，如果你开始进行严格的时间记录，很快就会找到答案。时间记录是一个非常好的时间管理方法，会让你知道时间都用在什么地方，是否浪费，是否瞎忙，便于你改进，同时也会让你产生一种紧迫感，促使自己更加节约时间。

古老的方法是用小本子来记。但我们现在有比小本子好用百倍千倍的办法，那就是手机上各种各样的时间管理 app。

我用过很多时间管理 app，为了写这本书又下载了很多来试用。时间管理 app 大致分为计划类、清单类和时间记录类三种。计划类要求你先将要做的事情一条一条地列出来，比如"我有计划""一天""日程表""一周计划·My Week"这几个 app，都要先做一天计划或是一周计划，有的还要求写明起止时间，按重要程度和紧急程度来分类。其中最经典的是"番茄清单"，不仅要求做详细计划，还会在一天结束的时候不厌其烦地提醒你总结一天计划的完成情况。而"每日提醒"又是另外一个极端，适合生活特别规律、特别需要提醒的人。把一天的生活、工作计划日程表全部输入手机，app 就会按点提醒，听起来像是给自己上了一大堆闹钟。总的来说，这类 app 要求你提前做计划，越详细越好，而做计划也是需要时间和心思的，又需要培养一个新习惯，不是每个人都能坚持下来。反正我一个都不喜欢，既不愿意每天起来就花时间做计划，更不愿意自找一个小秘书每天在我耳边提醒我该干吗。不过我也知道有很多人真的很喜欢这样，而且觉得这些严格的计划和提醒大大帮到了自己。这就是一件因人而异的事情，选择那么多，找到自己喜欢的方式最重要。

清单类的 app，比如"日事清""滴答清单"等，不必按时间列计划，可以当成一个备忘录将易忘的事记下来，做完了就划掉，比较方便。这类 app 中我最喜欢的一个叫"极简待办"，好就好在"极简"，打开来，空白的页面什么也没有，往上划，可以添加一条待办事项，写了几条，页面上就有几行干干净净的字。如果你需要，可以给每个事项设定开始与结束时间，但页面上不会显示，也就是说它没有强制要求你设定时间范围，是你自己需要才设，这一点很重要。事情做完了，往左滑待办事项消失，往右滑会画上删除线而不会消失。这种简单清爽、干净利落又毫无强制感的 app，才是我喜欢的。

时间记录类的 app，不要求做计划，只需要在时间过去后再记录你做了什么。"Now Then""时间块""小容"都属于这类。把时间分成段，用各种简便的方法记录那个时段做了什么，只要坚持记，一天二十四个小时到底用在什么地方一目了然。

这一类中我最喜欢的也是一个相对简单的 app，名叫"时间块"，有收费版，也有免费的"青春版"。它可以将每个小时划分为两格或四格，我比较喜欢四格，每格十五分钟，划分得更细。可以用代表不同项目的不同颜色来填充这些格子。比如四点半到五点运动健身，填上两格；睡觉七个小时，就将二十八个格子全都填上。项目和颜色都可以自己设定，一天过完，就会看见一片花花绿绿的格子。后台会统计每个事项占用了你多少时间、分别占多少比例。

这个简单的 app 很神奇，因为它非常有效。才使用了三五天，我就很自然地在脑子里以十五分钟为单位来计算时间了。健身三十分钟，在我脑子里就是两格，阅读四十五分钟就是三格。慢慢地，它会提升你的自制力，比如像从前那样漫无目的地看手机，一晃一个小时过去了，在表格里填上四格代表看手机的灰黑色，整整一排，浪费的时间非常直观地摆在眼前，挺刺激，也挺让人难受，下次就不愿意这样了，会特意缩短看手机的时间，看着暗色在页面上占的比例越来越少，很有成就感。最后在统计图里一看，今天在不同类型的事上分别花了多少时间，是否有浪费，是否需要调整，自然心里有数。就算为了页面好看，你都会在心里默默告诫自己去做该做的事。要是实在忍不住，那就只浪费十五分钟，正好一格。这就是我目前管理时间的利器，郑重推荐。

你知道你一天会看多少次手机吗？十次？二十次？五十次？不用猜，很多手机已经知道大家的这个需求，增加了"屏幕使用时间"功能。每天打开多少次，使用手机多长时间，各类app分别使用多长时间，哪个时段用得多，全都一目了然。统计的结果一定会让你大吃一惊——我居然把这么多时间花在手机上！再说什么没时间，你好意思吗？当然，它也可以帮你设置各种限制，细到每个时段可以用什么不能用什么，每个app每天能用多少时间。没错，"屏幕使用时间"功能就是给你的手机请了一个监工，愿不愿意使用，自己看着办。

有一种说法认为，一个人每天的意志力其实是一个常数，把意志力过多地用在一些小事上，到了真正重要的事情上，意志力就不够用了。那些聪明的小工具的出现就是为了弥补自制力的不足，把大脑该实行的监管和统计工作交给工具，既省了脑力，也节约了意志力。能否善用工具，是一个人能力的重要体现。

愿你找到适合自己的小工具，让你从川流不息的时间之河里从容掬起一捧属于自己的清凉。

策略十：变劣势为优势

每个人在时间管理方面都有一些烦恼，有的可以称之为自己的劣势，好好想一想，这种劣势有没有可能变成优势呢？

我有个上海朋友，单位和家离得非常远，上下班时间堵车又严重，开车来回一趟四个小时就没了，实在是浪费生命，开车还累得要死。后来他灵机一动改坐地铁，早上先骑共享单车到起点站去坐车，有座位啊！坐在那里想听书听书，想看书看书，想煲剧也没问题，不仅把运动给解决了，还平白多出好多时间坐着爱干啥干啥。这就是典型的变劣势为优势。

好多年来我都被睡眠问题所困扰。我的睡眠问题倒还不是睡不着，而是醒得早。无论晚上几点睡，总是凌晨四五点醒来。有时再也睡不着，睡眠严重不足；有时能睡着，那也很痛苦，正睡得好的时候被送娃上学的闹钟闹醒，难受得想死的心都有。

很多人对我说，醒得早没关系啊，早点睡不就行了吗？话说得容易，做不到啊！我的两个孩子都属于能不睡就不睡的类型。我规定他们平时十点睡觉，但只有运气好的日子他们才能做到，随便一拖就要十点半才上床。接下来的时间我才觉得是自己的，洗个澡收拾一下，看看手机看看书，十二点都舍不得睡，动不动熬到一点多，这个时候睡，早上四五点醒，当然睡不够，有时整个上午都是昏昏沉沉的。醒得太早，成为我身体配置的一个大问题，给我带来无穷无尽的烦恼。

有　次在写好几篇长文章，像我这种又上班又带娃的人，除了晚上也实在找不出整段的写作时间了。晚上写作的人都知道，一写起来就会熬夜，即使勉强停笔，写得兴奋了睡也睡不着，而我那个倒霉的早醒开关仍然到点就起作用，一天只能睡三四个小时，几天下来简直生不如死。

被逼得没办法，不得不改变。我开始和小朋友们一起上床，居然一会儿也就睡着了。四五点醒来，不赖床，翻身坐起，都不用离开暖暖的被窝，电脑早就放在枕头边，开机就能写。神奇的是，自然醒来的状态特别好，通常只要花个十分钟就能迅速进入状态，写得比白天顺畅多了。就这样，被逼无奈之下我调整了自己的作息时间，早睡早起，将困扰多年的早醒劣势变成了自己独特的优势。文章写完了，习惯也保持了下来，我依旧凌晨自然醒来就起床，那才真是一个人的时光呢，整个世界都好像是自己的，太有成就感了。而且这么宝贵的时间，根本舍不得刷手机，总得看本喜欢的书，写点想写的文字，比起以前忍不住熬夜，一边熬一边深深自责的感觉不要爽快太多。

以前采访张小娴，她说自己会四点钟起来写稿。郑渊洁也是凌晨起床，他说自己从五点写到八九点，一天的份额就完成了，剩余时间想怎么玩就怎么玩。听起来很爽，只觉得做不到。也听过时间管理大神、"自律帮"的纪元如何用两个闹钟法让自己四点钟起床，听起来对自己太残酷了，完全不是我的菜。

　　一边看着别人早醒干活效率高，一边烦恼着自己早醒睡不够，我就这样纠结了好几年。其实对我来说，只要下决心早睡，根本不需要闹钟就能四五点自然醒，最大的劣势变成最大的优势，我成功得到了早起干活的好处。我的这本书，基本就是陪娃的时候用手机，凌晨起来用电脑写。不仅在百忙中找到了写作时间，睡眠时间也比以前多，甚至连我顽固的睡午觉习惯也开始松动，唯一"牺牲"掉的，就是熬夜刷手机的坏习惯。

　　你看，上班太远是劣势吧？只要不开车，机智地骑单车去起点站坐车，便可以将路上要花费的时间全都变成自己的阅读观影时间。早醒是劣势吧？只要早睡，早醒变成自然醒，将独处的熬夜时间挪到凌晨，健康、效率、心情三不误，也是将劣势变优势。

　　那么你呢？你有什么困扰已久的劣势？好好想一想，说不定也能变成优势。

策略十一：和自己签协议

　　合同和协议是具有法律约束力的文件，如果真想看书又老是因为各种各样的原因没看，不妨和自己签个协议，约束一下自己。

比如，你想一个月看三本专业领域的书，不要光是想想就算了，把这个愿望认真地写在一张纸上，签上自己的名字和日期，还可以贴在看得到的地方，或者告诉自己的家人和朋友，请他们来监督自己执行这个协议。

别觉得这像小孩的游戏，写下来、签上名这些行为，就像是郑重地通知你的潜意识：这次是来真的，一定要认真对待哦。潜意识的力量大到不可想象，在潜意识身上做文章，作用常常会很大。

协议的时效性和难度同样有讲究，建议刚开始设置的时间范围短则三五天、一个星期，长则一两个月，这样的时间长短比较可控。如果你列一个长达一年的协议，最终这个协议只会成为一张废纸。作为一个还没有培养起良好阅读习惯的人，要执行一个长达一年的科学阅读计划基本是不可能的，而时间一长，正好可以被你顺理成章地忘掉。如果以一天为长度来做协议，又很容易被突发情况搞乱。一旦这样的突发情况发生一两次，就会觉得这是一个无用的方法而弃之不用。

我刚开始产生写这本书的念头的时候，一个字都还没有写，第一件事就把全家人召集起来，郑重向他们宣布我的写作计划，于是全家人都成了我的同盟军。每隔两三天我就会和先生讨论一下写作的进展和遇到的困难，而小朋友们成了最得力的监工，我玩手机的时候他们会问：妈妈你今天写了多少字啊？我看书的时候他们会问：妈妈你看的这本书跟你写的书有关系吗？他们上英语网课的时候也会顺便检查一下我的新文档，评价一下，或者大声地朗读几句。小朋友的督促比什么都有效，哪怕仅仅是为了在他们面前营造一个言出必行的妈妈形象，我都必须减少刷手机的时间，抓紧一切时间来做这件事。

　　在"时间篇"的最后，我想用一句我喜欢的话来总结："真正的荣耀，来自我们默默地征服自己的过程。"将时间用在更有意义的地方，让我们在真正想做的事情上从没时间到有时间，就是默默地征服自己的过程。在我看来，先不论结果，这个过程本身已经比玩游戏打怪升级来得刺激有趣多了。

麦小麦的独家书单：时间管理

1.《时间管理：如何充分利用你的24小时》

[美] 吉姆·兰德尔 著，舒建广 译

上海交通大学出版社，2012年

这是一本小书，阅读速度快的人一个小时就能看完。作者吉姆·兰德尔是一位企业家，同时也是一位广受好评的演讲家。这本书是他总结几十年的管理经验写成的，是一本时间管理的入门书，脉络清晰，对时间管理的本质与方法都有简洁明了的阐述。他明确提出了"目标才是时间管理的核心""时间是流动的""只有分清事情的轻重缓急才能合理安排时间"等时间管理上的重要观点，如果想要大致了解什么是时间管理，读这一本书就够了。

2.《奇特的一生：柳比歇夫坚持56年的"时间统计法"》

[俄]格拉宁 著，侯焕闳、唐其慈 译

北京联合出版公司，2016年

这是影响过很多人的一本书，许多人就是从这本书踏上时间管理之路的。这是俄国科学家柳比歇夫的传记，他在长达五十六年的时间里坚持精确记录时间，这种持之以恒的"笨办法"让他的时间像"开了挂"。他取得了常人所无法想象的成果：写了七十多本建立在严谨研究基础上的专著，光打字稿就有一万两千五百张；为了研究，收集了一万三千多只跳蚤，还为其中五千只做了器官切片，他个人收集制作的标本，比动物研究所还要多五倍。我们可能很难做到像柳比歇夫一样自律，但他为我们提供了一种独特的思路。

3.《拖拉一点也无妨：跟斯坦福萌教授学高效拖延术》

[美]约翰·佩里 著，苏西 译

浙江大学出版社，2017年

人们通常会将拖延当成是时间的大敌，严阵以待，想出各种办法来对抗它，可是它非常顽固，非常难战胜。斯坦福荣誉客座教授约翰·佩里是个哲学家，他出版了上百部哲学作品，还主持一档哲学类广播节目，一篇《结构化拖延法》让他获得"搞笑诺贝尔奖"，名声大噪，这篇文章就是这本书的核心思想。他认为拖延是无可战胜的，你只能智慧地与它并存，拖就拖吧，不想干这件事，那就找点别的事来干，这就是他的绝妙的"结构化拖延法"。正如他自己，不想写论文的时候就去找学生聊天，结果成了最受学生欢迎的教授，还得了很多奖；哲学著作写不出来就去研究拖延症，结果这本写拖延症的书成了他影响最大的作品。别太把你正在拖延的这件事当回事，结构化地全盘打量你的生活，这花不开那花开，总能干成一些事的。

4.《吃掉那只青蛙：博恩·崔西的高效时间管理法则（原书第3版）》

[美] 博恩·崔西 著，王璐 译

机械工业出版社，2017年

美国著名管理大师博恩·崔西的作品，是时间管理方面流传最广、影响最深远的一本书，同时也被当成成功学的经典。

我不喜欢成功学，但我对好的人生策略非常好奇。大师将每天最重要的事比喻为青蛙，如果每天早上你醒来都吃掉一只活青蛙，那这一天再也没有什么事比这个最难更糟了。不过，我觉得这种迎难而上的劲头，正是成功者更加成功、普通人更加无助的源头，你说如果每天醒来的第一个任务就是生吞一只活青蛙，恐怕有一半的人会抑郁吧？没错，太励志的正能量不一定适合每一个人，因此这种书也不是谁都看得下去的。它其实是一本全面的时间管理书，书中提出的二十一条时间管理法则，非常实用。

5.《把时间当作朋友（纪念版）》

李笑来 著

电子工业出版社，2016年

这不完全是一本时间管理书，更是一本启发我们对时间进行深刻思考的书，是互联网跨界名人李笑来的一些时间管理的感悟集合。他认为时间不是靠技巧来管理，必须靠你的人生积累，在开启心智、提高思维能力之后，才能用正确的方法做正确的事，更好地掌握时间。这个时候，时间才是你的朋友而不是你的敌人。

第二章　选书篇

　　解决了时间的问题，下一步又会有很多人发愁要读什么书了。现在的书太多了，得来又太容易，我们的时间却那么宝贵，一定要花在值得的书上才行，学习如何选书就显得很重要了。

　　每个人的诉求和偏好都不一样，我喜欢的书不见得适合别的人，别人认为必看的书我也不见得想看。每次面对那种"请问我该看些什么书？"的诚恳提问，我都很想认真对待，但需要问的前提条件实在太多，真不是三言两语能说清的。"帮我列一个书单好吗？"这样的要求更是很难满足，必须当成一件很严肃的事来仔细斟酌。

　　在这一章里，我们先来聊一聊选书的通用法则。这些入门的常识对真正的读书人来说太过浅显，比较适合那些经常感叹"我好想多看些书，就是不知道该看什么书"的人群。

接下来分享一些我的选书心得和特别的阅读思路。

一、选书通用方法

（一）网上选书

网上买书超级方便，可是网店里的书浩如烟海，每本的广告语看上去都那么好，要找到真正适合自己的书，先得熟悉各个网站，找到网上选书的技巧。

1. 三家电商

这三家电商是当当、京东、亚马逊。从2018年下半年起亚马逊逐步取消了纸书自营销售板块，但因为 Kindle 电子书销售仍然可观，所以在选书时仍然不失为一个重要选择。

如果我们要寻找一本特定的书，可以在这三个网站的"图书"栏目下输入书名查找，也可以输入作者名、出版社名查找。如果记不清楚书名，只记得一个关键词也是可以找到的，只是会多花一点时间。

网站上的图书资料除了出版社、开本、字数、页数等基本信息，还有更详细的信息，如目录、内容提要、作者简介、编辑推荐语、精彩书摘、序与跋、媒体或推荐人推荐语等，基本能够反映一本书的全貌。如果不想选错书，一定要花点时间仔细看这些资料。

如何通过页面的信息判断一本书好不好呢？除了看编辑提供的信息，还有一项重要内容，就是看读者评的星级和评论。购书网站上一般只有买过书的人才可以打分和评论，相对来说是比较准确的，尤其如果评论的人数足够多，可靠性就更强了。评分一般是五星、十分制，通常评分在四星以上、八点五分以上的，都是不错的书。再具体地看读者的评论内容，就更能客观判断了。当然也不排除出版机构和作者买书刷评论，判断方法和看淘宝的评论差不多，要凭经验。那些写得太长、太规整、太完美的不要全信。

如果你心中并没有特定的书，而是想通过这些网站看看最近有什么书看，就需要用到它们的花式分类方法和排行榜，好处是资讯相当齐全，什么书都有，坏处是信息量太大，鱼龙混杂，会看得你头昏脑胀。

在当当网图书频道，可以看到"新书热卖榜""图书畅销榜"等各类榜单，榜单下又分"童书""小说""成功/励志""文学""管理"等数十个分类，从专业角度来说有些分类并不清晰，比如"文学""小说""青春文学"几个选项显然界限不清，但对读者来说十分方便，也就是说，这是来源于市场需求而不是图书专业分类的分法。你想看哪个类型的书，都可以在相应的榜单中看看现在市场上排名靠前的书。选书的时候如果完全没有目标、没有想法，看看这些榜单，也许会找到想看的书。

当当网图书频道的"图书分类"栏目中有更详细的分类，细到什么程度呢？比如教材和教辅，细到每个年级都是一个分类。而童书按年龄分为"0—2岁""3—6岁""7—10岁""11—14岁"，按内容又分为"绘本 / 图画书""中国儿童文学""外国儿童文学""科普 / 百科"等十余个细目，针对性很强。点开任何一个细目，可以选择显示书目的排序，如"默认""销量""价格""好评"等，这些都对选书很有参考价值，一个有心的读者会通过这些信息判断一本书是否适合自己。

京东的图书频道比较特殊，所以我把京东 app 放在"购物消费"而非"阅读"文件夹。打开京东首页，要在分类里一直往下拉，拉到很下面才能找到"图书文娱"。点开又分为"图书音像""文娱""教育""电子书"四个分类，其中只有图书分类是卖纸书，另外三个全是音像视频类产品，可见图书在京东整个业务里占的比例实在不大。不过好处是，既然人家不靠图书挣钱，在价格上就很有优势。京东的书经常有较高的折扣，这也是其图书藏在如此隐秘的位置但依旧卖得不错的原因之一。

值得说明的是，电商的分类排序是会经常变化的，处于随时调整状态，而且分类经常很混乱。比如"小说""文学"和"青春"并列，难免让人糊涂，"小说"难道不是"文学"？"青春"是什么？到底算不算作文学？同一本书也经常重复出现在好几个品类里，而图书馆是不允许这种事情发生的，可见图书馆要的是分类清晰，而网店要的是方便查找，诉求非常不同，网店也就基本不理会传统的图书分类法了。

2. 淘宝和天猫

购物上淘宝，各种日常用品和千奇百怪的东西都可以在淘宝找到，质量参差不齐，每个人都都要擦亮眼睛。淘宝上的书也如此，正版与盗版齐飞，你甚至会买到大量不是印刷厂印出来的书。

淘宝上的书店实在是太多了，很多地面实体书店都开了自己的天猫店，如广州购书中心、上海书城、深圳书城、文轩在线等，还有各种各样的小书店。更重要的是，全国各地很多出版社与图书公司都开了自己的天猫店，也就是说，淘宝与天猫让出版机构开始部分挣脱几大优势渠道的束缚，可以自由卖书了，甚至有些个性的出版机构因为不愿意接受几大网店的折扣策略，不把自己的图书放在当当和京东，仅在自己的网站和天猫店出售。出版机构的天猫店虽然还无法完美解决物流问题，但至少让自己与消费者都多了一个选择。

通常出版机构天猫店上新是最快的，新书刚从印刷厂出来，出版社的天猫店马上就可以同步上架。发到几大网店的书会有延时，有时遇上各种流程问题还可能耽搁挺长时间。渠道优势放在那里，小出版机构常常敢怒不敢言。而天猫店就完全是出版机构自己的地盘，想多快就多快，想怎么卖就怎么卖，一本书只要不和几大主流网站的特别协议有冲突，价格上也有一定的自由调控空间。

在出版社天猫店，经常会有出版社自己的一些特色产品，比如我们花城出版社旗舰店，有时会出售一些有瑕疵的老版书，价格非常诱人。曾经还卖过出版社下属的《花城》与《随笔》两本杂志的早年全年版本，价格低到让人难以置信。

关注你心仪的出版社的天猫店，不仅能保证正版，而且能第一时间买到新书，还能参加出版社的各种特色活动，这是天猫店的一大优势。

淘宝店铺售卖的商品时常真假难辨。在搜索框输入书名，会跳出各种让你眼花缭乱的小书店，有些小书店的资料很不齐全，打开图书条目进去只有简单的作者、出版社、出版时间和定价信息，选书比较困难。盗版书在淘宝也很泛滥，有些店家会隐晦地说明，有些则完全是混水摸鱼。淘宝还有一种盗版书，甚至都不是印刷机印出来的，而是用复印机复印的。有些商家也不说明，只是设定的价格比较低。如果买到这样的书，也只能自认倒霉了。

3. 豆瓣

豆瓣是中国文艺青年心目中一个特别的存在。无论你是爱读书还是爱电影、爱音乐、爱聊天，豆瓣都是聚合同道的黄金宝地。

豆瓣不是一个买书的地方，却是非常好的选书之处。第一，豆瓣评分是一个极具参考价值的指标，是真实豆瓣用户的评分，因为刷评论的成本非常高。不久前，曾有电影人与豆瓣的各种纷争，辩论豆瓣评分到底真不真实。之所以有纠纷，归根结底还是源于观众对豆瓣评分过于重视。图书也一样，以我一个资深读书人和出版工作者的看法，豆瓣评分要比三大购书网站来得客观，更有参考价值。

第二，豆瓣的书评影评栏目经营多年，很多文艺青年看完书第一时间就会到豆瓣写点什么。这里有着非常丰富的书评资源，既有短小的随手点评，也有长篇大论，有褒有贬，很容易获得对一本书的立体化评价。

第三，豆瓣经营的电子书，提供5%—30%的试读内容，这对判断一本书是否好看、是否适合你太重要了。

第四，一本书只要仍在售，后面就有购买信息。豆瓣与Kindle电子书、当当、京东、中国图书网等平台合作，如果哪家有货，可以直接点击跳转购书页面，还可以比较价格，非常方便。

4. 阅读类 app

阅读类 app 主打的都是电子书，除了出版图书的电子版本，还有海量原创网络小说，这些仅在网络上发表的小说与传统意义上的小说已经有了很大的差别，二者的受众大不相同，传统的读书人难免刚进首页就看得眼晕。不过，只要掌握了技巧，利用阅读类 app 来选书是非常好的途径。"微信读书""当当读书""QQ 阅读""百度阅读""网易云阅读""咪咕阅读""掌阅"等，不仅能提供电子版的试读，而且有丰富的书友互动，书友们会对读过的书打分、写评论，对选书大有好处。

我身边仍有很多老派的读书人，他们非纸书不读，特别强调书的手感与质感，认为电子书完全不具备这些鲜活的特质。相比而言，我也更喜欢读纸书的感觉，而且在画重点、记笔记、浏览方面，纸书也有着现在的电子书完全不可比拟的优势。但我认为这只是暂时的，我们，顶多包括一部分我们的后代，也许就是最后一代有纸书情结的人了。科技必将推动阅读迅猛发展，在我们看得到的未来，电子化设备一定会弥补目前存在的一切缺陷。到那时，有个性、有风格的纸书会成为纪念品般的存在，人们看纸书也不再是为了单纯的阅读，而是为了某种乐趣或仪式感。更多的纸书会被电子书取代。

在阅读 app 中选书，如果你不是网络小说爱好者，就不要去点"男频""女频""小说"这些类别，此小说非彼小说，传统意义上的小说在"文学"或是"出版"类别里。

只要耐心一点，一个阅读 app 就是一片浩瀚的书海，这里能找到你想要的大部分书。如果你的家不够大，这里将彻底解决你"书没地方放"的烦恼。

（二）书店选书

很多人已经习惯在网上选书，其实逛地面书店也是一件超有乐趣的事。每过一段时间如果不去书店逛逛，我都会有种好久没逛街的感觉，会想方设法安排时间去一趟。

比起网上选书，书店最大的不同是可以将书实实在在拿在手里，质感、大小、厚薄都成为手上沉甸甸的存在，而不是网上的那张标准图片。即使是加了塑封的书，也比网上的图片来得实在。塑封就是书外面那层薄薄的塑料膜，通常是在印刷厂就加上的，是为防止运输和销售过程中的损耗而增设的一层包装，这是一个非常不环保、但是对保护书的品相非常有效的包装方法。作为一名图书编辑，我也曾经对这件事抗争多年，直到我们发行员很无奈地告诉我，有些网店已经不收没有塑封的图书了，我这才无奈地接受。

在很多书店，尤其是大型的人文书店，通常会为了大家选书方便将每种图书拿出一本来拆开塑封，方便大家翻阅，这也是我判断一家书店是否有实力、是否以读者为本的一个标准。只有将书翻开，仔细看看目录、序言、后记，快速翻阅一下正文内容，经过这样几个步骤，对一本书的判断才是最准确的。一个书店经营者如果是个真爱书的人，一定会考虑到买书人的这个需求。

逛书店，是一件外行看热闹、内行看门道的事。

我们先来看看书店的通常布局。无论书店大小，进门处通常都会有一个新书、畅销书的陈列区，这里的书多半都是躺着卖的，这意味着这些书正在促销期，或者是销量特别大，占据排行榜的前面位置。如果你读书是想了解流行文化、紧追排行榜、认识明星作者、增加谈资、掌握时髦话题，这里最适合你。

这个区域通常布置得很漂亮，围观的人也很多，但在选择的时候，不要被那些五颜六色的海报、漂亮炫目的码堆给迷惑了，也不要天真地以为宣传最多的就是销售最多的书，其实更大的可能是出版社和书店正在重点营销的书。所谓码堆，是书店里的一种促销手段，用几十本甚至上百本书堆出一个漂亮的造型，营造一种此书正在大卖的效果以吸引读者。至于书的质量则不一定能保证，这大多和出版社的营销策略、书店的经营手法有关系。

往里走，通常是分类陈列区，按文学、历史、心理、哲学、科学、儿童读物、教材教辅等分类，有的书店会按照标准图书分类法来划分书柜，有些个性书店则按照自己的喜好来分类。绝大部分的书都立在书架上，只有书脊朝外，读者只能看到书名、作者和出版社，想要看得更仔细，必须一本一本抽出来。在书架中部，有时也会有一排能够让书躺着的位置，这里放的是这个门类最近的新书，或是销量比较好的书。

我在那些大书城、购书中心经常会有一种强烈的眩晕感，因为面积太大、书太多，逛一会儿就会很疲劳，要找一本特定的书经常累得要死。而到一些投缘的小书店或者特点鲜明的人文书店，反而特别能找到好书。我觉得北京的万圣书园和广州的学而优书店特别容易找书，它们就像猜到我脑子里的想法和需求一样，我想找的书总能迅速找到，而且还会像一棵大树开枝散叶一样，顺着主干可以找到旁边枝干上的宝贝。逛书店遇到这样的情形是一件特别幸福的事，但也可能给你带来不小的痛苦，因为想买的太多，不得不面临抉择的痛苦。

书店门口通常还有本店排行榜，比如本月、本周排行前十名，有的还会有更详细的分类排行榜，比如说文学类、社科类等。这些排行榜很有参考价值，但也不要全信，因为对出版机构来说有一种促销行为叫作"打榜"，就是出版机构或者作者回购一些图书，数量大到可以超过其他自然销售的图书，自然就会雄居榜上了。严格来说，这是一种作假的行为，但现在似乎也成了一种常规的营销手段。所以看书店排行榜也要多留一个心眼，不要天真地以为全都是自然读者的选择。幸好即使有打榜行为，一张销售榜上顶多也只有少数书是这种情况，还有一些书店为保证自己的口碑和声誉是不屑这种行为的。

那么多书店，如何判断一个书店品位如何，是否值得经常光顾呢？我有几个标准来判断。

1. 以你最熟悉的门类为例，你觉得它的图书排列规律性如何？有没有自己的逻辑和想法在里面？你是否能方便地找到你想要的一些更专业、更经典的书？

2. 这是不是一个只卖新书的书店？能不能找到一些出版了五年或以上的长销书？

3. 这是不是一个只卖畅销书的书店？能不能找到一些非常

有趣但又比较小众的书?

4. 这家书店的考试类图书和教辅类图书占比如何? 如果占比太大, 而你又没有这方面需求, 对它的评分应该也不会太高。

5. 设定五本你非常有兴趣, 不算太畅销但也不算太冷门的的书, 看看这家书店有几本, 以此来判断你和这家书店的缘分是个不错的方法。

6. 这家书店的氛围如何? 待在里面你觉得舒服吗? 如果它的装修特别有设计感, 那么这种设计感究竟是为设计而设计的, 还是为营造一种读书气氛而设计的? 你喜欢吗?

按照这六个标准, 我很快就能判断我与一家书店的缘分。

在广州, 我最喜欢的书店还是要数离我家最近的学而优, 他们的总店在中山大学西门口, 一楼非常热闹, 人来人往, 畅销书、杂志和精品文具是这里的主要商品。我最喜欢的是二楼, 人文类图书都在这里, 更关键的是人少, 整层楼往往只有一两个服务生和不多的读者, 随便找个角落看书真是美妙极了。基本上所有品种的书都会有一本已经打开塑封的, 方便读者阅读。如果找不到未拆封的, 店员也会很热情地告诉你即使不买也可以打开一本。在这里, 往往拿起一本书之后就会接二连三地拿起更多的书, 因为相关的书总是放在一起, 书的摆放思路与我特别契合，好像顺着我的兴趣就能找到更多好书，这对一个真正的爱书人真是太重要了。学而优的装潢也特别美，毛玻璃上的书法字样是很多人拍照时百拍不厌的，我也经常到书店拍照片、录视频。老板陈定方是我的师姐、老友，这里像我的家一样亲切。

方所也是个非常棒的书店，店面装潢像艺术馆一样漂亮，适合去拍照打卡。书的选品也很棒，尤其是艺术类书以及外版书、台版港版书。只是晚上和周末的方所人太多了，让人很难静下心来选书。

另外西西弗书店、联合书店、扶光书店、言几又书店、四悦书店等，都是很妙的地方。

每到一个城市，我都会尽量去书店看看。现在的书店越来越有个性、越来越美，即使时间紧张，光去拍拍照也是一件很开心的事情。

（三）图书馆选书

终于说到图书馆了。图书馆真是一个美好的地方，大家都知道博尔赫斯那句著名的话"如果有天堂，我想象它应该是图书馆的样子"。当然这是一个误读，他的原意其实是"我一直想象，天堂应该是某种图书馆"，但不管怎么说，让图书馆与天堂联系起来，说到每个爱书人的心里去了。

每到一个城市，我都会争取到它的图书馆去看看。图书馆的氛围如何，很大程度上是一个城市的文化气息的一种投射。

如果在你的日常生活区域有一个交通方便、令你舒适的图书馆，那真是一件非常幸运的事。无论如何都要常去，千万不要辜负上天对你的厚爱。

在一个规范的公共图书馆，所有看得到的书都对公众开放，你可以随意地拿起任意一本书来翻看，可以站着看、坐着看，还可以免费借回家（有些城市的图书馆借书需要费用，但比起买书还是便宜太多）。在这里，没人关心你是什么人，你的身份只是一个读者。你可以看你喜欢的书，也可以涉猎平时瞧都不会瞧的书。这里是书的海洋，放松下来，以一种尽情遨游的姿态面对就好了。

像我最熟悉的广州图书馆，面积巨大，设计感极强，非常时尚。敞亮的光线从玻璃顶上直泻下来，仿佛就是天堂的样子。每次去我都忍不住浮想联翩：如果能够天天来这里读书就好了。突然有一天，我成了广州图书馆的理事，经常要去开会参与讨论图书馆的公共事务，一种巨大的幸福从天而降，从此对图书馆多了一份亲近感。

广州图书馆有针对研究者的课题计划，只要具备一定资质，上报课题并通过审核后就可以向图书馆申请一间小办公室，课题进行期间给你独享，这对研究者来说真是一个大福利啊！

去图书馆，最好的时间是工作日上午，人不多，非常适合看书。到了周末，一切就不同了。广州人实在是太爱这座图书馆了，这里是很多人的周末必到的地点，甚至有些家庭的周末休闲都安排来这里。周末的图书馆就像个最热闹的集市，所有可以坐的地方都坐满了人，每个书架前都站着整整一排人，每个讲座、每个活动都人满为患。看着这样的情景我会疑惑：到底是谁在说中国人不爱读书，广州人不爱读书？他来过周末的广州图书馆吗？

最美妙的图书馆时光还是属于我们"爱读书会"的，我们每个月会有一个晚上在图书馆举办读书会，场地是在晚上闭馆的阅读体验区，为我们单独开放，偌大的空间除了我们和保安，没有其他人。这里有专门为我们定做的沙发，和嘉宾们坐在一起真是促膝谈心。一个晚上的时间，一群爱书人的聚合，纯粹地讨论一本书，在忙碌拥挤的现代都市生活中，无论是空间还是时间都太奢侈了。

在图书馆选书，要找某一类书很方便，在随处可见的电脑上，或者在图书馆微信公众号和 app 上输入书名，就会看到分类号和馆藏架位，按图索骥即可。不过也并不总能如愿，因为大型图书馆藏书量太大，书的流动性也大，被弄乱或是被借走都可能导致找不到。如果你将目标设定得宽泛一些，按分类来寻找你喜欢看的类型，往往会有惊喜。

在图书馆借书也很愉快，有选择困难症的人心理压力会比较小，只要稍有兴趣的都可以借回家。如果随便翻一下就不想看了，还回来就好了，不必像买书那样仔细斟酌。买来的书如果不好看或者不合适，心里会很懊恼，看着都心烦，而借书就不会有这些烦恼。唯一的遗憾是借来的书不能写写画画，我遇到忍不住要下手做笔记的书，会马上在网上买一本，借书也就成了筛选好书的一个有效途径。

常去图书馆的人，一定会在心中勾画一张自己的好书地图。他们多半不会再问出"我该看什么书"这样的问题，因为图书馆早就教会他们了。

（四）参考媒体

媒体上的书讯、书评、书单是选书的重要依据。

报刊一度是看书评和书讯的最佳途径，可惜纸媒的黄金时代已经结束，不仅副刊消失，甚至好些报纸都直接消失了。幸好还是能在幸存的报刊上看到有关书和阅读的少量版面，另外,《书城》《万象》《读库》这类专业读书类杂志也是让你与书意外相逢的好地方。仔细阅读这些关于书的文字,用大脑来分析,用心灵来感觉,很容易挑出自己喜欢的书。

副刊没有了,纸媒衰落了,可人们爱看杂七杂八、长长短短文章的习惯没有变,只是阵地从纸媒转移到网络上,微信公众号、视频号、微博、今日头条、百度百家号、抖音……数都数不过来。对我影响最大的是微信订阅号。为什么那么爱看订阅号文章?我仔细想了想,其实还是爱看杂志的延续。轻松的碎片阅读,一条一条翻下去,有被动无意识接受的快感,也会时不时有惊喜。时间不知不觉就过去了,感觉好像收获很大、很充实,放下手机才发现浪费了那么多时间,收获的资讯也没啥用处。这又是另一个关于碎片阅读、关于信息与知识的巨大话题了。

爱书人可以关注一些读书类公众号,它们总是会推荐很多好书,可以成为我们的选书向导。不过它们推荐得太多,如何筛选仍然是个问题。我一度很喜欢读客公司的公众号"书单来了",每天一个专题书单,"五本不容错过的心理学入门书""五本看起来严肃读起来轻松的人类学经典""五本充满哲理的小说""五位人格魅力爆棚的大导演传记"……简直就是进了阿里巴巴的宝库啊!可是没多久我就不再追了,为什么?

每天的标题都如此诱人，每本书的推介都写得非看不可，事实上又有谁能看这么多书呢？这不是徒增焦虑吗？这正是网络世界海量信息带来的。选择太多，不仅大大增加选择难度与时间成本，还抢占了本就稀缺的阅读时间。在无穷无尽的选择面前不要迷失自己，才是现代人的一堂必修课。

另外，还有一些读书人做的公众号的荐书可以参考。

"十点读书"是著名公众号，现在已经变成有许多小程序、服务号，兼做免费与收费课程的超级平台。最初的那个公众号倒是仍以书摘和原创随笔为主，每天八篇，从不间断，具有最强的杂志属性。

"做书"刚开始是一位年轻的编辑刘松做的一个面向专业出版工作者的公众号，因为内容扎实，渐渐被更多人关注，成为出版业重要的信息平台，甚至开始做自己的图书大奖。"做书"上既有各种新书推介，也有编辑做书心得，很专业、很深入。无论是出版业从业者，还是阅读爱好者，都可以关注这个号。

"魏小河流域"的创始人是深圳爱书青年魏小河，他原是一位普通的公司职员，因为爱看书、爱分享，渐渐将自己的公众号做成了读书圈的一个重要大号。他本人也成为"深圳十大好书"等重要奖项的评委，成了权威的业界人士。

著名出版人、书评人绿茶的公众号"绿茶书情"关注图书的最新信息，经常发布个人原创榜单，也会发布各种媒体、出版社的书单、奖项与排行榜，资讯非常齐全。

我的公众号"麦小麦读行记"是一个散淡的小号，更新得不算勤快，但每篇都是有价值的书评、书摘和书单。

短视频荐书也是近年来的热门。这种方式轻松愉快，容易被接受。我开了一个微信视频号，名叫"小麦书屋"，每天几十秒，分享一本书。我不像大多数读书视频号那样只介绍书的内容，而是提取书中打动我的观点、故事，或是马上就能上手的方法，再讲给大家听。有很多朋友跟着我的视频号买书，觉得我的推荐很实在。

书评是一种特别的文体。写得好的书评，读起来也是一种享受。我读《爱与黑暗的故事》，就是因为在《随笔》杂志上看到作家薛忆沩的书评《那个想长大成"书"的孩子》。那真是一篇深情款款、分析透彻的书评，看完我马上做了两件事，一是下单买了一本《爱与黑暗的故事》，二是联系《随笔》杂志申请把这篇书评转到了我的公众号"麦小麦读行记"上。我经常因为看了一篇书评而马上下手买书，当然失手的时候也很多，因为读书这件事实在是太个人了，别人喜欢的，真不一定是你的菜，哪怕他读过之后的描述很对你的胃口，也不能百分百保证那本书于你而言是"对"的。更别说还有很多人情书评，完全是因为友情、面子、报酬等原因写的，如果书评人水平高，读者是完全没法分辨的。

另外，网上流传着各种机构、各种人开的各种书单，我的经验是，那些名头太大、意义太深远的书单，其实并不适合普通人。如果你看到"一生必读的一百本世界名著"并以此来规划你的读书生涯，不用读完你就该抑郁了。用别人的书单来检验自己也是一件很傻的事，什么"美国大学生必读书单""三十岁前必读书单"等，名目多样，你可以从中挑选自己喜欢的来读，但千万不必因为发现自己一大半都没读过而心生懊恼。书单本身就是一种文体，写的人写着玩，你也就看着玩玩好了。

（五）书单类的书

我不推荐大家把书单当真，但是非常推荐书单类的书，因为它们不仅列出书单，还将每本书都解读了一遍，大概内容、背景资料、看点亮点都有。读读这些书，可以广泛了解很多经典作品的概貌，方便从中选出你有兴趣看的作品，是一种非常好的选书途径，也是可以拓宽知识面的阅读。

《一生的读书计划》是书单类图书的代表作。作者克里夫顿·费迪曼是《大英百科全书》和创办于1926年的美国"每月读书会"的编委会成员，另一位作者约翰·梅杰是哈佛大学博士、"每月读书会"高级编辑，两位都是涉猎极广的读书人。《一生的读书计划》首版于1960年，是费迪曼独立创作的，以后又修订了几次。译林出版社出版的中译本《一生的读书计划（最新珍藏版）》是第四个版本，是费迪曼第一次找合作者，也是修订幅度最大的一次。推荐阅读的书从西方传统作品扩展到全世界，把一些经不起时间考验的作家和作品去掉，又加上了一些科学家的著作，另外还在后面的"延展阅读"中选取了二十世纪一百位作家的作品。

费迪曼在序言《给读者的话》里第一句就写道："这里讨论的这些书你可能要花五十年才能读完。"这是真的，所以更要读他的书，才能在茫茫书海中找出属于自己的那些书啊！

全书一共介绍了一百三十三位作家，除了欧美作家，也有我们的孔子、孙子、孟子、司马迁、四大名著中的三部（缺《水浒传》）、《金瓶梅》，还有现代作家中的鲁迅；日本作家有清少纳言、紫式部、松尾芭蕉，和现代的夏目漱石、川端康成、三岛由纪夫。总体来说，还是一本以欧美文化为主导的经典书目书。每位作家和每部作品都用一两千字来概括，和我们的大学文学史篇幅差不多，但读来要活泼有趣很多。比如在介绍《伊利亚特》时，作者说："你可以通过缩小镜去看《伊利亚特》，它就变成一部小规模的战争场面，小小的嫉妒和背叛作为这场战争的标志。……奇怪的是，当你真正读《伊利亚特》时，你的缩小镜就会变成放大镜。战争的规模不重要了，而人和众神的关系扩大了。"这样带有强烈个人经验的语言是不会出现在通常的文学史上的，也是这本书的一大特色。

写《金瓶梅》也很有意思，这本书没有采纳我们一贯的说法，将作者标注为兰陵笑笑生，而是标注为佚名。书中说："《金瓶梅》是一部著名小说，还可以说是一部臭名昭著的色情小说。……儒家有两大准则，一是性本善，二是君主的仁政产生社会秩序，而《金瓶梅》的作者告诉读者的是相反的信息，即人性本恶，人人喜爱投机。……尽管《金瓶梅》的篇幅很长，故事复杂，还有一大批名字听上去古怪的人物（对美国读者来说），但这本书并不难读，困难的是如何开始读。你也许想要等自己的文学肌肉被其他一些长篇小说——就像《堂吉诃德》和《源氏物语》——活动开了以后再开始读。"这些隔了巨大文化鸿沟的介绍文字在我们读来有一种奇怪的陌生感，很有趣，同时也显示这还是一本典型的西方经典视角的书单书。

还有一本书单书更有意思，是楚尘文化做的，2012年出版，书名叫《真的不用读完　本书》，我买了。五年后又出了一版，书名改成《如何读懂经典》，我又在机场书店买了，拆开来发现不仅内容没变，连内文版式都没变，还真是取巧。不过书真是好书，值得再版。作者亨利·希金斯是英国文学评论家、语言学家，他读过的书很多。他发现，对于普通人来说很多经典并没必要从头读到尾，只要掌握方法，理出其中精华和有趣的内容，就可以轻轻松松和别人谈论这本书，而他的这本书，就是给你一把读懂经典的钥匙。《荷马史诗》到底写了什么？但丁的《神曲》究竟有多神？简·奥斯汀写的家长里短为什么会在文学史上有这么高的地位？全书的十八章内容，就是十八堂写给大众读者看的经典阅读课。

译林出版社出版的《为什么读经典》是卡尔维诺的读书笔记集，除了开篇著名的《为什么读经典》，他给出了读经典的十四条理由，也是他给"经典"下的十四个定义，比如"经典是那些你经常听人家说'我正在重读'而不是'我正在读'的书"，"一部经典作品是一本每次重读都像初读那样带来发现的书"，"一部经典作品是一本即使我们初读也好像是在重温的书"……此外，书中还收入了他关于《奥德赛》、《鲁滨逊漂流记》、司汤达、伽利略、狄德罗、巴尔扎克、海明威等作品和作家的心得与解读，非常有价值。

严格说来，所有的读书笔记、书话类书都是作者开出的书单，比如梁文道的《我读》《读者》，胡洪侠的《夜书房》《书中日月长》《书情书色》《微书话》，胡文辉的《反读书记》《书边恩仇录》，沈胜衣的《行走的书话》，姚峥华的"书人"系列，包括《书人为伍》《书人依旧》《书人·书事》《书人小记》等，其实都是特别好的开书单的书，可以作为选书依据，值得爱书人收藏。

《南方周末》将专栏文章结集出版的《我书架上的神明：72位学者谈影响他们人生的书》，七十二位各个领域的专家学者和作家在书中谈论自己的人生之书，分量沉甸甸的。还有《中国图书商报》前些年主编出版的《30年中国人的阅读心灵史》，此书分为上中下三篇：上篇是巴曙松、迟子建、何立伟、麦家、吴晓波等数十位作家与名人关于读书的随笔，基本上每个人都提到了自己的人生之书；中篇是改革开放三十年的阅读文化流向，是关于阅读生态的总结；下篇是中国阅读状况调研报告，从宏观上探讨阅读生态，有专业参考价值。

（六）听书

近年来知识付费成为热点，知识付费的品类中有一个重要内容就是听书。这里说的听书，不是将书从头到尾读一遍给你听——那叫"有声书"。因为人的语速比阅读速度慢很多，从头到尾听完一本书的时间要比自己看完一本书多数倍，效率太低了，所以我并不建议孩子和视力障碍人士以外的人用这种方法听书。

如果你希望在闲暇时间听点什么，那我建议你选择听书类产品，就是有人将这本书读完，把重点内容提炼、解读之后讲给你听。一本几十万字的书，通常用十分钟到一个小时不等的时间来讲解，基本上相当于一个更详尽的图书介绍。"得到""新世相""简知""秘密扣扣"等平台上都有大量的听书内容，大多是用二十分钟左右讲解一本书，包括作者和背景介绍、内容梗概、重点解析、阅读心得等。著名的"樊登读书会"，则是由樊登本人用一小时左右的时间来谈论他读一本书的心得。还有"喜马拉雅"上也有很多人致力于讲书，从他们那里可以听到各种门类的书。

我很喜欢这些听书产品，因为可以将开车、走路、做家务等手动身动脑不动的时间充分利用起来，听的时候也很有乐趣。比如樊登讲书，融入了他的见解与经验，看完一本书再去听他讲，会有更多收获。有些内容比较浅的实用类图书，听他讲完基本就不用再去看了。

听书产品涉及书的种类非常多，文学书、学科专业书、实用类图书都有，信息量巨大，能够轻松地了解更多的图书信息，而且了解得还比较深入，为选书提供了重要参考。

不过，有的人会直接把听书当成阅读的替代品，这就不行了。听书是别人把自己读过的书讲给你听，其实就是别人的理解与心得，只能让你掌握一些信息，选出你可以进一步阅读的书。不同读者的水平和能力有差异，对一本书的理解有深有浅，更带有强烈的个人喜好，并不能替代真正的阅读。你在听书的时候经常会听到这类的话："这本书对这个问题提供了七个方法，我们今天就来为你讲解其中最重要的三个。"你说这样的解读，能替代自己亲自阅读一本书吗？

二、更有趣的选书法

（一）跟随他人法

关注你喜欢的书评人和阅读推广人，根据他们的书评和书单来选书，是一个比较省力的方法。经过一段时间，你也可以找出独属于自己的省时省力的选书门道。

经常荐书、开书单，又以出版、传媒或文化为业的人，我们不妨称他们为专业读者。他们接触的书够多，阅读速度够快，阅读量够大，对书的判断自然也就更精准，推介也有相当的参考价值。如果你已经有投缘的荐书人，恭喜你，你在选书这件事上已经不必发愁了，不会再在不值得的书上浪费时间。

信任他们，学会在他们提供的资讯中进一步筛选出属于自己的部分，会为你省下大量的力气和时间。

如果你发现有人推荐的书总是和你的口味一致，请不要吝啬向他们表达你的肯定，因为那会让他们的努力获得反馈，直接感受到肩上的责任，以后的推荐会更加慎重，更加认真。

我常在各种媒体和平台上推荐书。除了公开的媒体，还有朋友圈、微博等各种社交平台。经常有朋友看到我的推荐来留言，哪怕只是一句简单的"买了"，我都会超级开心，因为这是别人对你推荐的认同。同时，这些正向反馈也会让我有种责任感，下次推荐的时候会更慎重，尽量客观，尽量不误导别人，不辜负朋友的信任。

如果你有偶像，而你的偶像碰巧喜欢读书，并且愿意分享自己的书单，那赶紧把他喜欢的书都读一遍吧！这一定会让你离偶像的心灵世界更近一步。

如果你喜欢李健，怎么能不读他推荐的《渴望之书》呢？作者莱昂纳德·科恩，是二十世纪六七十年代美国民谣运动的传奇人物，影响着欧美音乐与诗歌发展，被称为"加拿大有史以来最重要作家之一"。推荐这本充满灵修玄思之感的诗集，不是正好符合李健那种出世而又不离世的特殊气质吗？

如果你喜欢易烊千玺，那你知道他不仅喜欢《鲁滨逊漂流记》《小王子》《白夜行》，还喜欢《红岩》《红书》和《说文解字》吗？他的形象在你心中是不是更加丰富立体了？

跟随他人法是个比较低阶的读书思路，接下来我们介绍更为高阶的几种方法。

（二）集齐作者法

如果喜欢一个作者到了一定程度，我就会把他的书找齐来读。方法有点笨，却是表达喜爱最真诚的方式，也是研究一位作家的必经之路。

这件事的难度有大有小，有的作家一辈子没有写过太多书，读齐他的作品一点也不难。比如十年前我从《伤心咖啡馆之歌》开始喜欢卡森·麦卡勒斯，她才情过人，可惜英年早逝，一共也就写了那么几本书，所以作品很容易集齐，我还顺便读了她的《心是孤独的猎手》。2017年人民文学出版社出了一个麦卡勒斯作品系列，六册的套装，我一看，除了《抵押出去的心》这本她辞世后由她的妹妹编撰而成的遗作集没看过，其他的全都看过了，挺有成就感的。

2011年我读到刘慈欣的《三体》，大为惊艳，马上把他的作品作为集齐的目标。他的作品也挺多的，但因为情节太精彩，又是科幻类文学，读来很有快感，很容易读完。我不仅自已读完了，还把他的故事讲给家里的两个小朋友听。硬科幻对小学生来说略有难度，但那些精彩的故事一定能在他们心中播下小小的种子，让他们生出对复杂故事和科学的好奇。

我曾一度非常喜欢东野圭吾，看他的作品的过程完全就是和他比智商、比速度的过程，很刺激，很有阅读快感。我一度想集齐他的作品，很快发现完全没有可能。这位日本畅销书作家实在是太能写了，据说作品已经出了九十多本。集不齐更重要的原因是其作品的质量参差不齐，读到水准很差或是太过重复的作品，心情很不愉快。直到我读到了糟糕的《恋爱的贡多拉》，我心想，好了，该放下他了，不要在他身上耗费时间了。后来，我做了一场关于他的读书会，给一家日系企业做了一次他的分享会，写了一篇近万字的长篇书评，对他的作品收集也就告一段落了。从此我对这些畅销榜上的小说家就有点戒备，不敢轻言集齐，因为他们实在太能写，写得比我读得还快。

严歌苓是伴随着我成长的作家，从最初文学杂志上的《绿血》，到《一个女兵的悄悄话》《雌性的草地》《少女小渔》《穗子物语》，再到后来的《小姨多鹤》《第九个寡妇》，前几年的《妈阁是座城》《老师好美》，直到最近的《芳华》——她创作了三十多年，我就跟着她看了三十多年，基本无一遗漏，甚至还因为出版社改了书名而买重了好几本，比如《马在吼》就是

《雌性的草地》，《心理医生在吗》就是《人寰》，令人啼笑皆非。后来更有机会采访她、与她一起开会，遥远的写作者成了身边真实可感的人。这样的收集伴随着我的成长，她写下的那些命运各异的女性，仿佛是我生活中真实出现过的人物。

王安忆、刘震云、毕飞宇、李娟、鲁敏、张翎、张欣、周晓枫等都是我关注的中国作家，他们的作品基本是出一本我读一本。喜欢谁的作品，就收集谁的作品，这是一种乐趣与成就感兼具的阅读方法，虽然要花很多的精力与时间，但只要你真喜欢就是值得的。你不用急于求成，可以将时间线拉长到数年甚至数十年，伴随着他们的写作生涯缓慢推进你的阅读。你可以在作家不同时期、不同题材、不同风格的作品中看到他的方方面面，他的形象也许会在你的心中更高大，也许会让你觉得同一个类型看多了就腻了，这都没关系，都是很充实的阅读体验。

如果你想要从读书走上写作之路，读齐你的目标作家的作品就更有必要了。

（三）顺藤摸瓜法

读到一本好书，里面的人物与事件也许会让你很感兴趣，产生进一步研究的愿望，那就可以顺藤摸瓜去找更多的书来读，也许一本薄薄的小书会被你读成厚厚的大书。

叶圣陶先生说过："把精读的文章作为出发点，向四面八方发展开来，那么，精读了一篇文章，就可以带读许多书。"他说的就是这种顺藤摸瓜读书法。

很多年前，我偶然间读了一本书，名叫《天才、狂人与梅毒》的书，那可真是一本颠覆三观的书。作者德博拉·海登是美国加州大学的一位精神病学专家，她在历史文献与名人传记中做侦探，从那些早就被人遗忘的档案、信件和报道中得出结论：中世纪的欧洲梅毒大爆发改变了世界发展的进程，许多性格暴躁或是艺术才能爆棚的政治家、艺术家、文学家，其实都是梅毒患者，梅毒导致的大脑病变造就了他们的狂躁性格和惊人创造力。这个名单很长，包括但不限于哥伦布、希特勒、尼采、王尔德、梵高、林肯、贝多芬……读完这本书，我久久不能平静。我不敢确定她的观点是否正确，但实在是太震撼了。

读完这本书，我马上读了很多关于梅毒与人类疾病的书，还读了好些书中提到的疑似梅毒患者的书，因为我实在很想知道她的观点到底正确与否。不过因为没有学者的魄力与毅力，并没有下决心接触那些更难得的文献资料，所谓查证也就很快被接踵而至的其他阅读兴趣打断，不了了之。

不过，后来我对梵高产生了非同一般的兴趣，并且在花城出版社主编了关于梵高的微传记笔记书《梵高：色彩与激情》，也算是这段阅读经历的一个副产品。

再后来，我收到了译林出版社的大部头《梵高传》。这本书是数字时代新科技的产物，它依托梵高博物馆的档案和研究，资料来源是目前能找到的梵高和相关人物的全部文献，包括数千封书信和海量文件，二十余位梵高研究专家参与研究，并用特别的软件解析了十万张数码卡片。也就是说，这本书建立在全世界已知的有关梵高的全部文献资料上，任何观点与说法都有据可查，这是一次传统学术研究与数字技术联手进行的巨大工程，是科技发展的作品，是以前任何一位作家都无法想象的事。梵高博物馆馆长列奥·简森称其在"未来的数十年里都将是权威的梵高传记。"我觉得这个说法还是太保守，应该说，除非因为特殊原因又有大批有关梵高的资料文献在民间出现，否则它将永远是最全面、最权威的梵高传记。

大而全，动用高科技、大数据是一种研究方法，我们花城出版社出版的《踏寻梵高的足迹》，用的则是另一种传统文人的办法。这本书的作者是台湾资深媒体人、艺术家丘彦明，她旅居欧洲，很长一段时间都住在荷兰。她用了十三年的时间细细寻找梵高的真实足迹，走遍数国，将梵高一生的生命地图展现在我们面前。这是一本用双脚走出来、眼睛看出来的薄薄的小书，与厚重的《梵高传》成为梵高研究的两个极端。

还有一本书我经常向艺术圈的朋友推荐，书名叫《是名画总会被偷的》，也是一本非常有趣的小众书。书从蒙克的名画《呐喊》在荷兰博物馆失窃又被找回的真实事件讲起，写到艺术史上很多被偷盗的名画。书中告诉我们，不要以为那些名头响当当的画总能找回来，其实它们中的大部分至今不知所终。盗贼与美术馆、警察的博弈始终在进行，谁胜谁负真不好说。这个话题也很庞大，与艺术史相关，也与历史奇案和侦探相关，是一个特别容易让人产生相关阅读兴趣的领域。后来我特别喜欢西洋古典名画，顺藤摸瓜找了很多艺术家的传记和艺术史、艺术鉴赏类的书来看，每到国外城市必去美术馆，也主编过微传记笔记书《莫奈：光影之永恒》《塞尚：苹果即世界》，都与这本书有些关联。

看，一本早年的偏门书《天才、狂人与梅毒》，被我扯出一条长长的艺术家的阅读线索，这条线索必将在我未来的日子里不断延续。而我相信，同样看过这本书的人，很可能会扯出完全不同的一条线，比如疾病史、中世纪史、科学家的传记等。以一本书为源头，发展出无限的可能，这也正是阅读的乐趣所在。

还有一本可以发展出无数阅读线索的书，就是《万物简史》，作者比尔·布莱森是曾被伊丽莎白女王授予大英帝国勋章的著名作家，他因为自己的好奇，花了十五年时间，来回答自己给自己列的问题表，结果就诞生了这本在全世界科普史上堪称经典的作品。正如书的宣传语"为万物写史，为宇宙立传"，此书上至天文，下至地理，大至宇宙，小至人体，古往今来无所不包。如果早早让孩子看这本书，很容易发现他的兴趣点，也就可以顺藤摸瓜，为他提供更多的阅读材料，说不定就此造就一位未来的科学家。

与这本书类似的还有以色列年轻学者尤瓦尔·赫拉利的三本巨著《人类简史》《未来简史》和《今日简史》，结构宏大、内容庞杂，涉及的知识面非常广、领域非常多。顺着自己的兴趣再去读读人类史、人工智能的相关作品，也是一件非常有趣的事情。

（四）课题读书法

如果你对某个领域有兴趣，不妨装作要研究一个课题、写一篇专业论文，甚至写一本书。一本正经地做计划、写提纲、查找相关参考书，在一段时间内来一个主题阅读，这应该算是阅读的最高阶了。对普通读者来说，可能不是真的要做课题，也没打算真写论文、写书，但以一本正经的心态来读书，将一个兴趣点通过阅读不断深入下去，像蚂蚁一样不断发掘，最后建成自己庞大而严密的专属地下王国，对爱书人来说也是一件充满乐趣的事。同一个课题，不同作家写的不同的书，对比着看，看上几本你就会分出优劣高下，自己也会颇有心得。

以这种假装要做课题的认真态度来面对阅读，一定会让你获得意想不到的快乐以及成就感。你收获的不仅是知识、思维方式、人生新的可能，更重要的是你将收获意义感。而对专业读者和文字工作者来说，说不定就此找到你的下一个工作重点，或是下一本书的题材，何乐而不为呢？

我开始写这本书，就是因为喜欢阅读而收集关于阅读的书。看得多了，会对这些书产生各种各样的看法，也有种不满足的感觉。突然有一天就产生了自己写一本的想法，而曾经读过的那些书，就给了我写这本书的最大底气。可以说，这本书就来源于我关于阅读的课题读书法。

三、初步辨别一本书

人生有涯，书海无涯。把时间花在一本烂书上根本就是浪费生命。如果能在最短时间内判断你手中的书是否值得占用你的时间、该占用多少，这将为你节约很多时间。

（一）书名

拿起一本书，先看书名。书名是一本书首先映入我们眼帘的东西，大致可以看出是不是你需要的题材和类型。

要注意的是，这一点上有些文学作品除外。作家和诗人们实在太有想象力，也太喜欢出其不意了，很多文学作品的书名实在是看不出所以然。比如《乌克兰拖拉机简史》，并不是讲外国拖拉机历史的书，而是一个生活在英国的乌克兰家族的故事。《论家用电器》既不是讲家用电器原理的，也不是讲修电器的，而是汪民安教授的文化随笔集。他以七种家用电器为切入点，以语言异化实物的手法，探讨家用电器与人类家庭生活的关系，语言诙谐，富有哲理。还有《本书书名无法描述本书内容》，看了书名更是一头雾水，完全不知道作者到底想写什么，原来这是美剧《生活大爆炸》的编剧兼执行制片人卡普兰的哲学普及书，这位同时身为哲学博士的作者，运用逻辑、哲学、心理学等学科知识，将哲学讨论变成一场搞笑又烧脑的思维探险。

但是实用类的书就不同了，书名必须一目了然，否则将错过需要它的读者。因为要看实用类的书的读者本来就是以实用为目的来找书，没有闲工夫和你兜圈子。你想要看哪方面的书，就找什么关键词。比如你觉得有很多想做的事，但总是找不到时间来做，那么，你可以在任何一个图书或阅读类网站或

app 输入"时间管理""效率"这样的关键词，就会出来很多你需要的书。

（二）作者

作者也是判断一本书是否值得读的重要因素，如果是你感兴趣的作家、听说过的作家、写过某本好书的作家，都可以尝试一下。比如之前介绍的集齐作者法，那位你决定集齐的作家本人，就是你的判断标准。

而对于是否开始读一本你从没读过的作者的长篇小说，是一件需要好好考虑的事，因为一旦开始读，你付出的将是你最宝贵的成本——时间。所以，对不了解的作者和作品，可以到电子书网站试读一下，看看语言风格是否符合你的口味，其他人的评价全都不如你自己的感觉来得重要。

不认识的作者，除了看网站提供的作者介绍，也可以在网上搜索一下，看看他还写过什么其他的书，有过什么其他的成就，以及网友对他的评价。如果两本同类书只想选一本来看，在翻开之前，可以先比较一下它们的作者。比如我们看到两本主题同为拖延症的书，其中一本《拖延心理学》的作者是简·博克和莱诺拉·袁，她们是"心理学博士，美国加利福尼亚大学资深心理咨询师。她们从1979年开始为学生中的拖延者创设了第一个团体治疗课程，曾经出现在《奥普拉脱口秀》等电视节目中，同时也是《纽约时报》《今日美国》《洛杉矶时报》《人物》和《今日心理学》等出版物的专访对象"，另一本的作者介绍是"热爱创作和心理学的文学青年，毕业于 XX 大学，现居北京"。从作者背景我们大致可以判断，第一本是两位专业人士多年研究与实践的成果集，第二本可能是没有专业背景的文学青年根据已有的研究成果编写而成的，这会给你选书时提供一个参考。

对于很厉害的作者，出版者往往不遗余力来介绍，有时介绍力度甚至超过介绍书的内容。比如《最好的告别：关于衰老与死亡，你必须知道的常识》一书的网页资料上，不仅将作者介绍放在最前面，其篇幅也超过了内容介绍，因为阿图·葛文德是白宫的健康政策顾问，是《时代周刊》2010年"全球100位最具影响力人物榜单"中唯一的医生，但是对中国读者来说他还很陌生，确实值得着重介绍。编辑的苦心没有白费，经过这本书以及《清单革命》等书的强力营销，现在，对很多人来说，阿图医生已经是个很熟悉的名字，也基本成为一本书的品质保证。

对于作者的研究，还可以更深入，这将有助于你在一堆好书中找出你当下最需要的。举个例子，你想改善婚姻关系，需要找一本关于婚姻的方法论的书。

关于情感婚姻的书多如牛毛，光是知名作者写的很有名气的书都有不少。假如你找到两本著名的同名书，一本是罗兰·米勒的《亲密关系》，一本是克里斯多福·孟的《亲密关系：通往灵魂的桥梁》，但是通过对作者的了解，就可以知道这是两本非常不一样的书。

罗兰·米勒是美国萨姆休斯顿州立大学的心理学教授，曾经获得美国心理学会的杰出研究奖。这是一位以研究见长的学者，他的作品也是以理论为主，拉出了亲密关系的一个大框架，甚至还有一章专门讲他的研究方法。他将亲密关系的构成、涉及的心理学和社会学原理一一分析给你看，内容庞杂，结构严密。你知道他的研究非常全面非常靠谱，可是读下来你却很失望，因为你想要的不是理论高度和全面认识，你只是要解决方案！

再看另一本，《亲密关系：通往灵魂的桥梁》，这是一本能够解决亲密关系问题，甚至是解决人生问题的方法论的书，值得经常拿出来翻一翻。克里斯多福·孟是一位在个人及团体教练领域有着三十年经验的演说家和咨询师。在书中，他将亲密关系分为"月晕""幻灭""内省""启示"四个阶段，他得出的终极答案是：我的伴侣不是我快乐或不幸的源泉，我自己才是。这确实是个不好理解更不容易做到的答案，需要的不仅是你的理解，更是你的修炼与体验——怎么回事？听起来好像不太好掌握。

再看他的其他作品，他还写了《找回你的生命礼物》《重新发现自我：一位心灵导师的课堂笔记》等书，可见他的写作并非专注于解决亲密关系问题，他要解决的是自我与生命的问题，亲密关系仅仅是"通往灵魂的桥梁"——看，是桥，不是目的地。他的解决方案其实需要伴随体验性的修行，修为不到，完全不能领会他所说的"通往地狱之路，是用期望铺成的""关系中的问题只是故事而已"这类的话，当然无法照做了，所以他的方案对目前的你来说还是用不上。

接下来我们找到了约翰·戈特曼，这位被称为"婚姻教皇"的美国华盛顿大学心理学教授，他是个实践派的研究者，从事家庭关系方面研究长达四十年。他曾对近七百对夫妻进行长期观察与研究，并且能做到聆听一对夫妻五分钟的谈话后，便预测他们是否会离婚，预测准确率高达百分之九十一。如果要找方法论，他的书应该是最合适的选择。果然，在他的《幸福的婚姻：男人与女人的长期相处之道》里，他介绍了七个幸福婚姻的法则，诸如"创建你们的爱情地图""培养你的赞美与欣赏""让配偶影响你"等，都是立马就可以做起来的行为指南。

还有一本《爱的五种语言》，作者盖瑞·查普曼是一位婚姻家庭专家，他在美国各地举办婚姻研习所，为已婚人士做婚姻辅导，他还写了《如何让婚姻成长》《心灵之约》《单身爱之语》等书。在这本书里，他提出的爱的五种语言是"肯定的言辞""精心的时刻""礼物""服务的行动""身体的接触"，都是非常实际的可以操作的方案，也是一套脚踏实地的方法论。

这就是如何通过作者的资历和特点，最终选到最符合你需求的书。

（三）内容介绍

印在封底或勒口上的内容介绍是作者或编辑对一本书的概括和总结，应该是最官方的版本了。在网上买书，可以看到详细的内容介绍。

好的内容简介，可以大致概括全书的内容，并将精华与亮点展现出来。作为编辑，每次我都会在内容简介上下很大功夫。这样的内容简介，有极大的参考价值，如果是自己感兴趣的题材和内容，可以先读一读试试看。比如我策划的作家高雅楠的小说《哪来的岁月静好》，封底介绍语是高雅楠自己写的："本书能有效缓解月经不调、产前焦虑、产后抑郁、更年期提前等多种妇科疾病带来的身体不适，对直男癌亦有镇痛杀菌作用。"一看就知道这本书的风格，写实、扎心，充满幽默感，读下来果然如此。几个"中年少女"与一群"渣男""优男""油腻男"的故事，就是我们身边活生生的现实啊！读这样的书，怎一个爽字了得。

以前的图书内容介绍充斥着"最好""最全""最优秀""第一"这类字眼，很多确实有夸大之嫌，后来经过广告法规范，不能再用"最"和"第一"之类的说法，图书的宣传语也客观了许多。

对于一些标题含混的书，仔细研读内容介绍就更为重要。比如《鱼翅与花椒》，看书名能猜到是讲吃的，可是只有看了内容介绍你才知道这是一位叫扶霞·邓洛普的英国姑娘在中国的美食冒险，编辑的内容推荐是这样写的："扶霞在一九九四年前往中国长住。打从一开始她就发誓不论人家请她吃什么，不管那食物有多么古怪，她一律来者不拒。在这本难得一见的回忆录中，扶霞追溯自己和中国饮食文化之间的关系演进。透过扶霞的眼睛，我们得以用全新的角度来了解我们熟悉的中国菜。"这本书读下来没有让我失望。我看的时候经常被扶霞逗得哈哈大笑，随着她用受两种文化影响的眼光去看我们的中国菜，也觉得增添了不少韵味。更重要的是，学会与本土文化拉开距离，从多个视角看待本土文化，这对人的思维也是一种拓展，很多东西变得不再那么理所当然。这本来只是一本小众的书，但因为写得确实好，去年受到很多榜单与奖项的青睐。

（四）目录

研究完书名、作者和内容介绍，接下来就要面对目录了。

目录对长篇小说来说不是特别有参考价值，比如日本作家林真理子的《平民之宴》写得非常好，贴近现实，也非常好读，但如果光看它的目录，无法获得太多信息："第一章，初窥福原家""第二章，初窥宫城家""第三章，再窥福原家""第四章，再窥宫城家"。如果据此来判断，你多半会错过这本书。

村上春树的新作《刺杀骑士团长》的目录都是"假如表面似乎阴晦""有可能都到月球上去""不过是物理性反射罢了""远看，大部分事物都很美丽"这类不明所以的小标题，让人完全摸不着头脑。

翁贝托·埃柯《波多里诺》的目录则是这样："波多里诺开始动笔写字""波多里诺对尼塞塔解释小时候的文章""波多里诺和皇帝对谈，并爱上皇后""波多里诺目睹一座城市的诞生"等，很有趣。

这都是一些有个性的作家，把目录写成这个样子是他们故意的。

但是对于非文学类的书来说，目录就太重要了，它能够全面反映一本书的体系，看目录能够了解全书的架构、作者的逻辑结构，能够迅速发现这本书究竟是作者有体系的完整论述，还是一些散作的随意结集。如果一本专门对某个课题进行论述的书，并未建立在完善严密的体系上，而仅仅是把一段时间以来关于这个话题的篇目辑起来，那么这大概不是一本很值得读的书，还是到网上找作者的文章读一读就好了。

有些认真的作者和负责的编辑，哪怕只是把报刊上的专栏结集，也一定会按照书的特点重新梳理、增删，工作量很大，需要崭新的思路。经过这样整理的书，和将原来的散作直接结集，二者的质量和分量完全不可同日而语。如我的朋友、作家黄佟佟把她在《南方都市报》上的专栏"黄老中医"结集出版时，特地花好几个月的时间，将体例、故事全部推翻重来，几乎相当于利用一堆素材重新创作一本书，这本书就是北京联合出版公司出版的《不由分说爱上这世界》，出版后登上了各种榜单。后来她在公众号"蓝小姐与黄小姐"中写了很多关于时尚与消费类的文章，经过精心修订，又结集出版了《我必亲手重建我的生活》，内容以生活方式为主，但又绝不止步于此，其间贯穿了她的金钱观、消费观和生命观，比看公众号文章更有深度与力度。这就给了购书者一个必买此书的理由，不会像有些由公众号文章结集而成的书那样只会让人质疑："看书和看公众号有什么区别？"消费者的眼睛是雪亮的，你有没有用心做这本书，大家心里有数。

（五）序跋

接下来看书前面的序言，包括自序和他人写的序，书后面的跋、后记，从作者的写书意图、写书过程、他认为自己为什么可以写这本书、写给谁看等，都可以判断这本书是否适合你。

李银河老师的新书《我们都是宇宙中的微尘》，自序《化境》的第一段就深深地吸引了我："在66岁时，自我感觉已经进入了人生化境，表现为物质生活的舒适中和，人际关系的清爽温暖，精神生活的平静喜乐。无欲无求，自由自在。"这可真是一种让人向往的境界啊！这种境界下写的书，当然要读。

有本书叫《锈蚀：人类最漫长的战争》，是讲生锈与人类的关系的。如果不是序言打动了我，我可能也不会去看一本如此特别的书。除了各种名人的推介、作者向中国读者的推荐，该书的前言名为《"锈"透了的帆船》，作者买了一艘有三十年船龄的帆船，却发现它已经锈迹斑斑，锈蚀这件事就是以这种方式闯入了他的生活。接下来的序言《毁灭美国的恶魔》写得那叫一个惊心动魄，让人好奇心大起，不由自主往下翻。

　　所有这些资料，在正规的网店都会作为一本书的基本资料出现，仔细研究一下，很容易判断一本书的品质以及是否适合你。以前到书店可以翻看书的前前后后，比较直观，而现在很多书都用塑封包起来了，反而不一定看得到。因此，写在封面、封底、腰封上的内容就更为重要。幸好我们还有网络，网上一搜，什么都出来了。

　　如何找到自己想要的书？还是那句话：多看，当你变成一个经验丰富的阅读者，你就会发现找到合适的书是件轻而易举的事。

四、一眼识破不值得的书

（一）山寨书名

　　一本书爆红之后马上会有许多本长得很像的书冒出来，这些书的投机之心太过明显，想要趁着热度吸引关注，其内容不一定值得读。比如前些年《中国可以说不》红了，一时间无数类似名字的书冒出来，就像在玩文字游戏。

　　在当当上搜热门语时，时常会搜出一串长长的书单，比如"归来仍是少年""健康就是""女人就是""男人就是"等，令人眼花缭乱，但图书的质量参差不齐，请一定谨慎选择。

（二）不进行策划加工的网文集

这一类书，内容在网上看看就可以了。如果不是为了表达自己的喜爱，买回家了也只是白占地方。

以这样的方式做书，说明作者和编辑都有点懒，有点托大，以为光凭作者的声望就可以赚钱，粉丝基数大，怎么都能卖，还能吸引粉丝之外的人购买。

坐拥数百万粉丝的六神磊磊出书，也是在公号文章中精心挑选，经过慎重编排才出的《六神磊磊读唐诗》，就算完全不知道他名字的人看到了，也会觉得是本超好的通俗唐诗读本。

至于那些名声不够大、粉丝不够多的自媒体人，还是建议爱惜羽毛，让你的网上读者和纸书读者读到不太一样的东西。就算是结集，也请重新策划编排，给人一些新意，不要让粉丝觉得花钱买书太不值。出书是好事，伤了粉丝的心就不好了。

（三）某某小组编著的书

在网上搜索就会发现，起了山寨书名的书，作者常常还配套有一个"XX小组"。写书不易，一个作者好不容易写本书，为什么不愿意署自己的名字呢？除了必须署投资机构的名字等原因，有时可能只是怕丢人。题材太俗、太烂，原创内容太少，注水太多，总之不是自己想做的书，不能为自己加分，便胡乱编一个小组或是工作室一类的名字上去，赚点稿费就行，你说这样的书会值得读吗？

（四）文字不入眼的书

虽然文字不是书的一切，只算是书的一个表象，尤其对非文学书来说，思想观点内容才是书的核心。但是如果文字入不了你的眼，看起来特别吃力，或者让你特别嫌弃，你很难越过文字参透其中的内核，阅读过程会耗费你很大的力气，浪费很多的能量。所以，如果不是你特别闲，或是书的主题太特别，无可取代，否则还是不要在这种书上耗费力气了。

文字与读者也讲缘分。特别通俗的语言，在讲究文字的学者型、纯文学型读者看来，可能就是不入眼的文字，但是在大众读者中会非常欢迎，因为觉得读得轻松，不需要费脑筋。而像朱天文、张大春这些文字特别考究、表述特别有个性的作者，他们的读者是有门槛的，没有一定的文学素养，对文字没有一定的理解能力，会觉得读起来非常吃力。书里的每个字都认识，合起来不知道是什么意思，一页读下来都会觉得累，难免烦躁。这样的文字不是不好，只是不适合你。而对喜欢的人来说，则会特别沉迷于这种文字，觉得那才是魅力所在。所以，读书是件非常个人的事，适合别人的不一定适合你，找到符合你喜好的作品，是身为读者的第一要义。

翻译作品的文字有时候也会出现这样的问题，看起来特别别扭，这得分两种情况。一种情况是翻译得不好，过分拘泥于原文。外文与中文的语法和表述方式是不一样的，这种别扭源于翻译者的中文文字功力不够。另一种情况则是由于文化间的隔阂，书中的内容你要费力气去理解。面对这种情况，唯一的解决办法就是多读，提高阅读能力，拓宽阅读面，让以前读得吃力的书也变得轻松起来。

还有理论书、专著、与你隔行隔山的书，里面充斥着大量你不知道含义的术语，这样的书是用于研究的，不适合普通读者，没有一定的知识积累，确实看不下去。如果只是作为日常消闲，就不要去碰这些书了，免得心生烦恼。但是如果你想要攻克新的领域，或者是想在自己的领域中更上一层楼，那就必须要去啃一些超越你目前认知水平的专著，把专有名词和理论术语一个一个拿下，熟悉专家的话语方式。这就是在阅读上走出舒适区，只要你花时间花精力去读一两本这样的著作，你的提升将会非常巨大。

五、选书误区

(一)因为它在排行榜上,所以我一定要读

排行榜各种各样,真真假假,跟着排行榜读书是一件又辛苦又没有成就感的事,千万不要把排行榜变成你选书的唯一标准。不过,如果一本书长年占据排行榜,或是频繁出现在各种门类的排行榜上,倒也可以作为选书时的一个参考。

有些人因为听到很多人在说某本书,就会去买来读。读书是为你自己读的,又不是为"很多人"读的。跟风读书你会很累,因为风潮永远走在你的前头,而且会发现很多书其实并不适合自己,白白浪费时间。

(二)一次买太多书

如果你一次买十本以上的书,我几乎可以肯定地说,其中少则一两本,多则五六本,你一辈子都不会去真正读它。这是我用大量的金钱和时间一次又一次检验得出的结论。我也问过很多爱读书的朋友,几乎人人如此。买书效率最高的是一次买三本以内,这样,每本都被你读到的概率才会比较高。

（三）被书名或宣传误导

这样的情况一直有，再有经验的读者都难免中招，偶尔出错也不用过于懊恼。但是如果经常犯这样的错误，就要检讨自己的判断能力了。下次选书，除了看书名，还要多看看网站上提供的图书资料和读者评论。

（四）光买不看

很多人会有这样一种感觉，买来的书就好像读过了，下载了电子书，也就像拥有了这本书。

可惜这只是一种心理误区。书有两层意义上的拥有，买回来放在家里是物质层面的拥有，只有读过、有心得，才算精神层面的拥有。否则，买再多的书，也只能成为一个管理员而不是读书人。

（五）永远只选轻松愉快的书

阅读可以是消遣，但不应该只是消遣，否则和看综艺、看电视剧又有多大区别呢？除了读那些让我们轻松愉快的书，我们也要读有用的书、有难度的书、可以提升自己的书，让日常阅读变成终身学习的重要部分。

梁文道有篇文章叫《只读看得懂的书，等于没读过书》，说得比较狠，但确实是这个道理。从刚认字开始，我们就很艰难地读着一本又一本的书，为什么走入社会之后，就只愿意读那些不用费力就读得懂的书呢？难道就不用努力进入更有难度的世界吗？梁文道用《世界是平的》举例，给那些好读的畅销书做了一个规律总结：1. 把你已经知道的事情，用你不知道的说法说一遍；2. 把刚刚的说法重复一遍，再举一些例子；3. 再重复一遍，进行总结。看到这里我大笑，梁文道的话说得刻薄，可还真的有道理。许多畅销书，不就是啰啰唆唆把那点东西说来说去吗？有的书甚至全部的亮点就在书名上，作者最厉害的地方就在于提出一个让人眼前一亮的书名，使之迅速成为流行语，然后写十几万字来告诉我们这个概念如何厉害，如何了不起。这种书让你觉得好像学到了新的概念，其实不过是把你早已懂得的知识包装一下塞给你，你并没有实质性的收获。

梁文道还有几句话写得特别好："（有难度的）作品是自由的，在于在阅读过程中你发现它不能被驯服；你也是自由的，因为你充分地意识到自己的意志、自己灵魂的存在。你读完一本很困难的书，你不能说自己都懂了，但是你的深度被拓展了，仿佛经过了一场漫长的斗争，这样的斗争就像做了一种很剧烈的体育运动——精神上的体育操练，使得你这个人被转化了。"这就是阅读的最高意义啊！

他建议我们要更多地进行"精心的阅读",我理解这是与不费力的阅读相对的一种阅读。有难度,要专注,要调动你已有的知识与理解力,踮起脚尖伸长手,努力够到面前这本书。"所谓精心的阅读就是你和这部作品进行对话,在对话的过程中你不能征服它,它不能征服你,然后你和这个作品共同达到一个高度,然后你慢慢被改变。"然后你就成了一个全新的你。

比如我们读小说,那些类型明确、节奏明快、情节清晰、语言直白易懂的通俗小说自然会让我们产生极大的阅读快感,可是有时也要去读一些更复杂、更有深度的文学作品。所谓复杂性,或是道德和心理上超出你惯常思考方式,或是表达形式上具有挑战经典的勇气;所谓深度,则是在人性和社会性上挖得更深更透,能让你清楚地了解人类的本质与个体的差异。具有复杂性与深度的文学作品,也许会让你读得很艰难,完全没有爽快的感觉,可是当你真正读进去,走进作者创造的世界、走近那个你不容易理解的人物,你对人生的理解边界就被拓宽了。文学阅读,就真的成了你增加人生阅历与思想深度的一种方式。

选择有难度的书也要循序渐进,不要妄想一口吃成个大胖子。比如你平时很少读书,自从立志要多读书,你就去找了常年盘踞中国图书销售榜上的《百年孤独》来看,很快你就会得出结论"读书好难啊！""我还真不是读书的料"，从而浪费了你好容易才下的决心。这时你不如先看东野圭吾的小说、《追风筝的人》这些易读但也具有相当内涵的流行小说，再到莫言、刘震云、严歌苓这些中国作家的作品，以及毛姆、卡森·麦卡勒斯、《霍乱时期的爱情》这些外国小说。当你的阅读能力到达一定水准后，再来读《百年孤独》，就会觉得原来读书是一件这么有趣的事。

再比如你是一个文科生，想要对理工科的知识有所了解，一开始你就去读霍金的《时间简史》，即便勉强读下来也是一头雾水，很难真正理解。不如先去看看比尔·布莱森的《万物简史》、卡洛·罗韦利的《七堂极简物理课》，或者李淼专为儿童写的《给孩子讲时间简史》《给孩子讲宇宙》和《给孩子讲量子力学》。

选到适合你的好书，是帮助你保持阅读习惯的重要步骤，对孩子来说更是如此。很多妈妈发愁"我家孩子不爱看书"，其实只是孩子没有看到他喜欢的书。学会选书，必须在不断的实践中摸索、试错。总有一天，你会在茫茫书海中轻易找到与你有缘的书。读它们、爱它们，让它们成为你生命中的一部分。

麦小麦的独家书单：十本好看的小说

入选原则：好的小说太多，这里只是随手列出十部我特别喜欢、阅读门槛又不算很高的作品，五部中国的，五部外国的，都有较强的文学性，同时也很好看。比起网络小说和流行小说可能略有难度，但是只要读进去了，都是会让你恨不得一口气读完的书。选择还是按我的一贯偏好，更偏爱女作家的作品。

1.《陆犯焉识》

严歌苓 著

作家出版社，2011年

严歌苓是我最爱的作家之一，她的好作品太多了。但如果只推荐一部，我会推荐这部艺术水准最高的。书中写了一个名叫陆焉识的上海文人一生的遭遇，张艺谋曾选取小说的最后部分，拍成了电影《归来》。

2.《长恨歌》

王安忆 著

人民文学出版社，2014年

王安忆曾是我的至爱，少女时代读《69届初中生》，我一度恍惚以为自己也经历了那个年代。《长恨歌》是王安忆体量最大，也是我认为最好的作品。上海美人王琦瑶的一生，见证了几个时代。

3.《金山》

张翎 著

北京十月文艺出版社，2009年

从《金山》认识张翎，再把她的所有作品翻来读。后来她也因为冯小刚的《唐山大地震》从文学圈走入公众视野，成为影视圈热门作家。《金山》是一部家族史，也是海外侨民的血泪史，视野开阔，叙事宏大。她自己说过："《金山》是我写作的顶点，我此生是否还能爬过这座'金山'，我不知道。"

4.《额尔古纳河右岸》

迟子建 著

人民文学出版社，2010年

迟子建凭此作获得茅盾文学奖。在中俄边界的额尔古纳河右岸，居住着一支古老的鄂温克人，小说以九十岁的酋长女人的口吻讲述了这个民族的艰辛与抗争，是一部极具力量与个性的作品。

5.《推拿》

毕飞宇 著

人民文学出版社，2008年

毕飞宇也是我至爱的小说家，将他的作品都集齐了。他拥有一种特别能够感同身受的天分，无论是从女性视角，还是盲人视角，都能细致入微、丝丝入扣。《推拿》写一群盲人推拿师的故事，他们挣扎在光明之外，可是内心一片澄澈，有着与普通人一样的爱与梦想。

6.《心是孤独的猎手》

[美] 卡森·麦卡勒斯 著，陈笑黎 译

上海三联书店，2005年

与卡森·麦卡勒斯最著名的中篇《伤心咖啡馆之歌》一样，这部长篇写的也是美国南方小镇，也有残疾人，也有各种奇怪的爱情。这位只活到五十岁的天才女作家在这部她二十出头就写出来的成名作中告诉我们：孤独是人类永恒的主题，无论你贫穷还是富有，健康还是残缺，只有孤独永远与你如影随形。

7.《刺杀骑士团长》

[日] 村上春树 著，林少华 译

上海译文出版社，2018年

村上春树这个名字在文艺青年中的分量少有人能及，在距离上一本长篇《1Q84》七年之后，村上迷们终于等来了这部作品。有些作家，你可以喜欢他，也可以不喜欢他，但他在很多人心中代表着一个时代。个人认为这是他最成熟的一部作品，既延续了独属于他的一贯风格，又有更接地气的东西，受众更广。

8.《鹿》

[匈牙利] 萨博·玛格达 著，余泽民 译

花城出版社，2018年

匈牙利国宝级女作家萨博·玛格达的作品，描写了两个不同境遇的少女的友情和纠葛，被称为"心理现实主义"小说。这是一部书写嫉妒的小说，作者不吝以最大的勇气发掘人性，无情地展现了如同毒蛇般的嫉妒，如何纠缠两个女人半生。

9.《我脑袋里的怪东西》

[土耳其] 奥尔罕·帕慕克 著，陈竹冰 译

上海人民出版社，2016年

曾因《我的名字叫红》获得诺贝尔奖的帕慕克耗时六年的新作，这一次他写的是伊斯坦布尔街头小贩麦夫鲁特，脑子里那点怪东西让这个本该极其普通的人处处与别人不太一样。帕慕克用一个人的历史写了一座城市的历史，或者说用一座城市的历史写了一个人的历史。

10.《夏洛特》

[德] 大卫·冯金诺斯 著，吕如羽 译

上海译文出版社，2015年

这是一部有魔力的作品，拿起来就放不下。《微妙》的作者大卫·冯金诺斯偶然看到德国犹太女画家夏洛特·萨洛蒙的作品《人生？如戏？》，用了几年时间研究她的一生，并写下这部独特的分行体小说。女画家出生于一个有自杀倾向的家庭，她短短二十六年的人生，前一半挣扎在家族命运中，后一半作为犹太人一直在逃避屠杀，最终怀着五个月身孕死于毒气室。这是一部关于命运与艺术的作品，有着撼动灵魂的力量。

第三章　快读篇

一、为什么要快读?

在阅读活动中，我被问到最多的问题，除了"没有时间读书怎么办?""我该读什么书?"，排名第三的就是"读得太慢怎么办?"所以，我在"时间篇"和"选书篇"之后，将"快读篇"放到了第三章。这一章，写给那些喜欢读书，但是对自己的阅读量和阅读速度不满意的人。

我们大概都被"量子速读法"高价班逗笑过。传说中，早就有一些非常神奇的速读法，比如一天看八本十本书、五分钟读一本书，甚至一分钟读一本书，还有照相式读书法、眼脑直映读书法……我也仔细读过各种关于快速阅读术的书，想练就超凡的阅读能力。也许是资质太差，也许是不够有毅力，反正折腾来折腾去，还是没有练成"神功"，书中那些牛人还是高高在上、遥不可及。我们看过"最强大脑"节目，每次都被大神们的各种技能惊呆，什么算术啦、记二维码啦、玩魔方啦，我知道那都是真的，可他们是万里挑一的人，又经过了艰苦的专业训练，境界并非普通人所能达到。对于阅读这件大家都要做的事，固然也存在大神，可他们离我们有点远，还是不要刻意去追求那种境界吧。

法国科学院院士、教育科学家斯坦尼斯拉斯·迪昂在他的专著《脑的阅读：破解人类阅读之谜》中指出："我们从眼睛开始对书面文字进行加工。只有眼睛中央的一块称为中央凹（即视网膜中视觉最敏锐的区域，黄斑中央的凹陷）的区域才具有足够的分辨率，让我们能看清小小的铅字。因此，我们的目光必须在书页上不断地扫视。"他说，人的眼睛就像一个糟糕的扫描仪，视觉感受器的结构决定了阅读时我们的目光必须以跳跃的方式进行，阅读就像把一系列单字先"抓拍"，再通过思维重新组合起来的过程。他认为，眼动是限制阅读速度的罪魁祸首，"这种限制是人类视觉系统中的固有部分，无法通过训练加以改善"，那些通过训练优化眼动模式，阅读速度达到每分钟四百到五百个单词的阅读者，他们的眼动方式已经没有太大提升空间了。他说："看到那些声称可以让你的阅读速度达到每分钟一千个单词的阅读法的广告时，就一定要持怀疑的态度了。"

他在书中还引用了著名导演伍迪·艾伦说过的笑话："我参加了一个快速阅读训练班，学会了如何在二十分钟读完《战争与和平》，不过我留下的唯一印象是，这本书跟俄国有关。"

好吧，科学家都这么说了，伍迪·艾伦这样的人也只能这样，我们还是不要太寄希望于那些神奇的速读术，老老实实看看如何在人体极限范围内合理提高阅读速度吧。

在这一章里，我并不会涉及那些玄妙的速读术，只会从我自己的心得出发，讲讲普通人如何通过一定的练习方法提高阅读速度。

如果你的时间充裕，慢慢阅读也没有关系。木心《从前慢》的那个从前与午后有空在树荫下闲翻书的时代固然令人向往，但如今这个社会，大家最缺的除了钱就是时间。对很多人来说时间比钱更宝贵，如果读一本书要耗费太多时间，许多人会干脆选择不读。

事情太多，时间太少。为了在有限的时间里挤出一部分来读书，我们必须读快点。

好书太多，时间太少。为了在有限的生命里读到更多的好书，我们必须读快点。

如果读书太慢，单本书占用的时间太多不说，也会消耗人的耐心。再有趣的书，看的时间太长了，最初的兴奋与乐趣都会随着时间的流逝而淡化，越来越索然寡味。回想一下，是不是很多刚开始让你兴味盎然的书，都因为阅读时间太长而看不完？你安慰自己的托词多半是"有时间再看"，等下次真有时间了，却完全提不起兴趣了，新书和更多新鲜的刺激早就抢占了你的注意力，当时感兴趣的故事已经变成怎么也看不完的裹脚布。所以我教儿子："如果你觉得一本小说很好看，要赶紧看完它，这样的乐趣才是最大的。"

学会快读还有两个重要作用：1.帮助你在最短时间内判断一本书值不值得你花费更多的时间。2.有一种书我管它叫"六十分图书"，就是内容还不错，有可取之处，但又没有好到需要细读精读。将这种书飞快读完，或吸取一二精华，或满足好奇心，在短时间解决问题，有种快意恩仇的爽利劲儿。

有几位名人是著名的快读小能手。凭一己之力编写了著名的《英语词典》的英国文学家、学者塞缪尔·约翰逊，据说读书就像翻书那么快。美国总统罗斯福习惯每天早餐前读一本书，就算读得比较慢的时候也可以三天读一本。而另一位美国总统约翰·肯尼迪因为每分钟能阅读一千二百个单词而闻名。

我想，他们的成就与他们的阅读能力和巨大阅读量也是有关系的，大量阅读伴随着超强学习能力，给予他们开阔的眼界和更宽广的知识边界。看着他们，觉得学会快点读书还真是不错。

读书读得快，会让时间翻倍，一个小时看人家两个小时的书，是不是也意味着你活一辈子相当于人家活两辈子呢？如果能暗自这么想，那么提高阅读速度的动力就相当强劲了。

很多人是真的忙，事情比别人多，那么还可以用提高单位时间效率的办法来管理时间，不要一忙就把阅读这个选项砍掉，而要学会在很短的时间内高效地读书。这也会提升你的思维效率，让你的思维能力与决策能力更强。

阅读是一种只有人类才具有的高级而复杂的大脑思维过程，需要动用大脑的大部分区域才能协作进行，相比而言，阅读比看图片、看视频、听故事这些行为都要费脑子，也就是要动用大脑更多的功能才能完成。

以前人们大多认为人的大脑在发育成熟之后就不会继续发育了，之后的岁月就是在慢慢消耗自己的神经细胞。现代脑科学发展推翻了这种观点，认为人的神经细胞是具有可塑性的，海马体的神经细胞受到刺激就会再生，大脑的神经连接也会不断改变，形成新的连接网络。《刻意练习：如何从新手到大师》一书中就对伦敦的士司机的大脑进行了专门的测试和研究。伦敦的交通是全世界最复杂的，那里的的士司机具有匪夷所思的寻路能力。不过实验表明，他们这种能力不完全是天生的，是在一天天的工作中逐渐形成的。作者认为，我们可以把伦敦出租车司机的海马体想象成男性健美运动员经过高强度训练后的胳膊上的肌肉，他得出结论，大脑就像肌肉，会越练越大。

阅读对大脑来说也是一种特别好的刺激与训练。台湾的脑科学家洪兰在演讲中说，科学家不但发现脑神经细胞可以再生，更发现它与主动学习和深层思考有关系，越全神贯注、全身心投入地学习，大脑中新生的神经元存活下来的几率就越高。这也就意味着，我们的阅读越专注、越深入，对大脑的再生越有益处。

读得快，不仅是指眼睛动得快、翻书翻得快，还必须掌握一系列的快速理解、归纳和概括能力，这对提升我们的思维能力也大有好处。

不知道你身边会不会有这样的人，他和别人说话的时候，得出的结论总是偏离别人的本意，或者好像完全不明白人家为什么要和他讲这些，动不动揪住话中的一个无关紧要的细节迅速"歪楼"，让正常谈话无法进行下去。除了情商的原因，另一个重要原因很可能是理解能力的问题，他不能理解别人话中的真正意思，抓不住重点，不会归纳语言传达的内容。

有这种特点的人通常阅读也会比较慢，因为他需要费很大的力气来组织字词，理解书中的意思。反之，理解力强的人通常读书也会比较快。阅读速度与理解力是一种正相关的关系。有意识地运用抓重点、归纳、概括、判断的技巧进行阅读速度训练，其实也就是一种提高理解能力、思维能力的训练。

二、什么在妨碍你读得快?

读得慢，有时候是阅读能力的问题，也有一些时候是对阅读这件事的理解不同。有的人会觉得读书非常神圣，不逐字逐句慢慢读，就对不起阅读这件事。如果有这样的执念，只会让自己把大量的时间耗费在不一定值得的内容上，反而没有更多的时间去精读真正重要的东西了。

阅读就像弹钢琴、学轮滑一样，可以说是一种童子功，有一些从小养成的习惯会大大影响阅读速度，来看看你有没有这样的习惯。

(一)默念

刚识字的小朋友读书的时候会一个字一个字念出来，后来，他们不念出声了，改在心里默默地念，这与他们的认字能力和理解力水平是相关的。随着年龄渐长，读的书越来越多，这个习惯就会循序渐进地变成浏览、扫视。而有些人因为阅读量不够，没有培养出相应的阅读能力，就会将这个习惯一直延续到长大成人。

我们朗读的速度大约是每分钟一百多字，快一些的可以达到两百多字，而较高水平的阅读则可轻松达到数百字甚至一千字，二者的速度差距不是一般的大，如果不改掉默念的习惯，阅读速度是不可能提高的。

（二）逐字阅读

默念是在心里一个字一个字地念，逐字阅读则是眼睛一个字一个字地看。逐字阅读不仅慢，还会影响理解，因为在逐字阅读的过程中，大脑不得不按照"字—词—词组—句子"这样的步骤来依次组合、理解信息，思维过程比较长，阅读速度当然也就很慢。

有一种职业叫作校对，厉害的校对可以将作者和编辑完全看不出来的错别字——校对出来，我一度认为他们一定是将书看得最仔细的人，但有时与他们讨论一本书的内容，他们不一定有多了解。有位厉害的老校对告诉我，他们校对一本书，和我们编辑读一本书的感觉是完全不同的，有时候甚至对整本书的内容没有太多印象，因为他的注意力在每个字、每个词、每句话有没有写错，而没有运用理解力整段地理解，也就是见树不见林。有的人采取的就是像校对一样逐字阅读的方式，仔细是仔细，可惜一来严重影响阅读速度，二来其实并不利于理解。

有的人以为越是仔细地读就越能更好地理解，而最仔细的办法就是一个字一个字地读。这实在是对我们大脑的一个极大误会。事实上，阅读速度与理解程度、记忆效果并不成正比。大脑运转速度很快，只有与大脑运转速度保持一致的阅读速度，才能发挥最高的理解力，否则闲置的大脑就会走神。

我们读懂一段文字的意思和单独读一个词、一句话的思维过程有着很大的不同。大家都有过这种体会，一段话中有几个字不认识，一两个词不明白，甚至一两句话没读懂，都不会影响对文段的理解。也就是说，在快速阅读的过程中，我们的大脑是将一段文字整体理解，而不是由一个字一个字拼装理解的。对成年人来说，更好的阅读方式是眼睛一组一组地看，在脑子里成段成段地理解。只有学会这样的阅读方式，阅读速度才能提高，理解能力也才会相应改善。

（三）停顿

有的人读书喜欢读读停停，有时是停下来想一想、查一查资料，有时是被手机等外物分散了注意力。不必要的停顿会打乱阅读节奏，降低阅读速度。同时，太多的停顿会让大脑无法完整处理阅读内容，反而降低理解程度。

小朋友刚开始学习自主阅读的时候，遇到不认识的字，有的家长会要求他们马上去查字典，其实这不是一个好方法，频繁地中断阅读去查字典，对他们的阅读是一种打断。小朋友学习阅读的时候，重点是理解整体含义，而不是认识每个字。孩子如果有足够的理解能力，哪怕有几个字词不认识，也不会对整体的阅读产生影响，这反而能促使他们根据上下文去猜测字词的意思，更利于提高他们的理解能力。

那些认字认得快、认得早，一上学就能学好语文的，往往不是勤查字典的孩子，而是那些读得多的孩子。字典里的每个字词都有很多意思，让一个字都认不全的孩子在繁多意义中选出适合特定语境的意思，实在是有点为难孩子，会让他们产生畏难心理。更严重的是，被要求不断停下来去查字典是件很烦人的事，孩子刚刚开始的阅读旅程很可能就被他在心里贴上"烦人""好难"的负面情绪标签，而不是"有趣""开心"这样的正面情绪标签，非常不利于阅读习惯的培养。孩子在阅读中遇上不认识的字，更好的方法是鼓励他猜一猜，或者干脆直接跳过去，或者像人教版三年级语文课本里教的，先读完，过后再解决问题："默读时，随时把不认识的字、不理解的词语画出来，读完后再想办法弄清楚它们的意思。默读时，带着问题边读边思考，能帮助我理解内容。没读懂的地方我会标记出来，联系上下文进一步思考，或者向别人请教。"

这段写给三年级小朋友的阅读指引，对成年人其实也一样适用。

（四）阅读能力不足

读得慢，有些是习惯原因，但最根本的原因还是在阅读能力。阅读能力是一种十分综合的能力，包括专注的能力、视线抓取文字的能力、大脑处理与提取有效信息的能力等，任何一方面跟不上，都会导致阅读速度慢。

比如有的人一坐下来看书，很快就能进入状态，一看就是很长时间，有的人则看了半天都无法进入状态，眼睛跟着字一行一行往下移，但根本不知道讲的是什么，必须翻来覆去看半天才能看进去，过了一会儿又忍不住拿出手机看看或是起身找点吃的。这就是专注能力的问题。自从智能手机成为我们的好伙伴，每个人的专注能力都受到很大影响，有些研究者甚至认为，手机这种随身携带、随时查看的数码产品会逐渐影响我们的大脑结构，使得人类的长时间深度思考能力大大降低。阅读就是抵御这种退行的一种途径，养成阅读的习惯，也就培养了专注的能力。

视线抓取文字是个技术性的问题，相对来说比较好解决，在本章第四部分我将进一步讲解如何训练自己的视线习惯，更快地抓取文字。

阅读是一种超级复杂的神经活动，一切信息都要进入大脑进行处理，阅读能力不足最终还是体现在思维能力上，对文字内涵的理解较慢、无法在读到的大量信息中快速提取有效信息、对前面读到的内容记忆时间不长，都会导致阅读速度无法提升。

这也是为什么那些有远见的教育工作者都特别强调语文和阅读的重要性，甚至有"得语文者得天下"的说法，就是他们深刻理解了阅读对思维能力的提升作用。

（五）超出阅读舒适区

前面说的所有读得慢的原因基本上都是习惯不好、能力不足，挺伤人的。还有一些人阅读量够大、阅读能力也没问题，平时读书挺快的，但碰上某些书就是读不快，这多半是因为这本书超出了阅读舒适区。

超出阅读舒适区的书大约有这么几类：

1. 难

书有难易之分，有的书语言通俗易懂，表达的内涵也在你的理解范围内。而有的书语言较为艰涩、严谨，表达的思想与你有距离，必须用力想才能抓住作者的思路，也就是所谓"烧脑"，费了很大力气还是读得半懂不懂。康德的《纯粹理性批判》、黑格尔的《逻辑学》就是这样的书。

文学作品也有难易之分，我认为，通俗文学与严肃文学的分野之一就是阅读难度，通俗文学通常是用大白话写的，故事性强，人物形象清晰，而严肃文学的语言则更书面、更文学，不一定注重情节，人性形象复杂而有变化，这些在阅读中都是有难度的。比如同是近年图书销售榜上排在前列的《解忧杂货店》和《百年孤独》，阅读难度就完全不同，前者可以用一两个小时读完，而后者，一个成熟的阅读者要读完与前者相同的页数，至少要花两到三倍的时间。如果一味求快，理解上就会出问题。

阅读中如果只讲快感，就会把有难度的书排除在外。一个好的阅读者，经常需要找一些超出自己阅读舒适区的书来读。这类书可以让你快速提升自己，阅读能力也会随之不断提高。

有的人舒适区太窄，只能读网络小说和浅显的流行读物，稍有难度的书就读不下去了，这样毫无难度的阅读很难说有多少营养，需要有意识地拓展一下。

2. 陌生

陌生领域的书，因为没有足够的专业知识，读起来云里雾里，经常要停下来查一查专业词汇。就像我们开玩笑时常说的"单独每个字都认识，合在一起就是不知道啥意思"，不停下来搜索一下，根本不知道说的是什么。比如我们文科生看物理书、医学专业书，基本就是这种情况。

3. 怪

所谓怪，就是作者的语言习惯与你的风格不合。这可能是作者的语言有自己的特色，当然也不排除文字有问题。

很多经典文学作品长句多、节奏慢、细节繁复，还有大段描写。如果不习惯这种风格，读来会很吃力，甚至会觉得读不下去，所以说经典是有门槛的，没入那道门，听人家说得天花乱坠也无法理解。这也是为什么很多名著有缩略版、改写版的原因，就是为了降低门槛，让更多的人了解名著。不过，读这类版本，对名著只能产生一些粗浅的了解，仅仅知道它讲了个什么故事、有什么文学意义和社会意义，如果要理解它究竟好在哪里，恐怕还是要在阅读能力提高之后读一读全本。

另外，有些翻译作品也不好读，译者比较注重还原原文语感，不符合中文表达习惯，这样的文字读起来很别扭，读不快。

三、如何才能读得快？

很多人的苦恼是：我也想读快一点，可就是读不快啊，怎么办呢？

想要提高阅读速度，四个要素缺一不可：意愿、方法、练习、时间。

首先，你真的想提高阅读速度吗？在这个诱惑太多、任务太多的时代，你真的愿意花力气来做这件事吗？如果是真的，那请你往下看。

其次，我们可以学方法。方法有很多，但都不是一蹴而就的，想要那种三天包会的神奇速读术，对不起我这里没有。如果谁告诉你可以教会你，劝你也别相信。

再次，我说的方法，光知道不行，得练习，就像教练告诉你健身方法，你学会了动作怎么做只是第一步，还得天天照这个方法练，练着练着才能达到健身效果，光是守着方法，永远也不会有成效。

最后，时间是一个非常重要的因素，也是每个成熟的人都有感知的因素。没有时间感的小朋友会守着刚刚种下去的种子一天问三次："怎么还不发芽呢？它是不是死了？"他要慢慢才知道，种子没有死，但需要足够的时间才会发芽。用科学的思维和方法提高阅读速度，不是一天两天的事，至少要用一个月两个月才初见成效，真要变成你下意识的状态，恐怕要用半年一年。就像减肥需要时间、健身需要时间一样，阅读也是。

接受了这四个要素，接下来，我们来谈如何才能提高阅读速度。

（一）多读

读得多，自然就读得快了。

这是一个最根本的方法，可是对没有阅读习惯的人来说也是一个令人丧气的方法。没办法，作为一个老老实实读了几十年书的人，这就是最实诚的大实话。

读得快，同时也达到足够的理解率，这是阅读能力的重要体现。就像运动员得多练才能跑得快、工匠得多做才能做得快一样，想要读得快，必须多读。那些拿起书来就读得很快并且真读进去了的人，一定是有着良好阅读习惯、阅读量很大的人。如果你不是这样的人，那么从现在开始，多读、有意识地快读，把自己变成这样的人。

（二）专注

想要读得快，同时真正读进去，先不谈技巧和方法，首先你得专注。专注是一种品质，也是一种能力，它造成了智商没有太大区别的人们之间的巨大差异，专注就是给你的能力加外挂。

网上有很多小朋友写作业拖拉的段子，为什么他们看似一直在认真做作业，但就是磨磨蹭蹭做不完？不专心，眼到手到心不到，结果就慢了，错误率还高。读书也一样，如果你不能专注于书本的内容，就会读得慢，读着读着还容易走神，发现不知道前面一大段讲了什么，只好回过头去重读，这样能不慢吗？

我有一位朋友在国企工作，他总是那个玩得最多但工作完成得最好的人，每次评优，看业绩他总是第一名。他说，别人都在用锄头挖地，我用拖拉机挖地，这能比吗？专注，就是他的"拖拉机"。后来，他辞职去创业，成绩也非常好。一个随时都能专注做事的人，无论做什么都事半功倍，无论做什么都能做好。

什么是专注？专注指的是心理活动对一定对象的指向和集

中，是伴随着感知、记忆等心理过程的一种共同的心理特征。被认为是俄国教育心理学奠基人的十九世纪俄国教育家乌申斯基曾说过："'专注'是我们心灵的唯一门户，意识中的一切必然都要经过它才能进来。"

专注力被认为是智力的五个基本因素之一，是记忆力、观察力、想象力、思维力的准备状态。只有投入了专注，我们才能集中精力认知事物、思考问题，否则各种智力因素都将因为得不到支持而失去控制。

如果你和小宝宝说过话就知道，当他的眼睛没有看着你，意味着他的注意力不在你身上，这个时候他根本听不见你说什么，就算你出尽百宝也吸引不了他。而一旦他转向你、看着你，他的全部注意力就放在你身上，你的每个表情都会引发他的回应，你说的每个字都会被他吸收，他就像一块吸水的海绵，把一个完整的你吸进他的意识世界，他会让你觉得你与他意识相通。所以小宝宝总是那么有魅力，人们总爱想方设法吸引他的注意力，因为他的注意力中有全部的世界。就像《星球大战》里的尤达大师说的"注意即现实"，他注意到你，你的世界与他的世界就融合为一个更大的世界。

专注就是这样一件有魅力的事。当你全心全意专注于一本书，你的世界就与作者的世界、他笔下的世界融为更大的世界。你徜徉于由书中的每一个字、每一个观点、每一个故事构成的浩瀚世界，所有的内容经由你的眼睛流入你的大脑，流进你的血液，被你的身体所吸收，给你带来养分，给你带来快乐，你想快就快、想慢就慢，速度根本不再是问题。你能够发现更多的细节，甚至连作者也没有发现，你简直可以继续将这本书写下去，沿着作者已经铺就的那条路，或者超越他的那条路。阅读对你来说，就是一次生命的旅途，让你体验到一种出离尘世之外的超脱感觉。

这其实就是心流状态，是极度专注带来的一种美妙状态。

"心流"是美国心理学家、积极心理学奠基人米哈里·契克森米哈赖在他的著作《心流：最优体验心理学》中提出的一个概念，是人们在做某些事情时那种全神贯注、投入忘我的状态。在这种状态下，人们甚至感觉不到时间的存在，在这件事情完成之后，会有一种充满能量并且非常满足的感受。阅读就是一种很容易让人进入心流状态的行为。

专注的体验如此美妙，可惜专注对于现代人来说越来越难做到，因为有太多的信息与诱惑随时将我们包围，我们的注意力与专注状态，成了各种力量竞相争夺的宝贵资源。早在二十世纪七十年代，诺贝尔经济学奖获得者、美国著名管理学家和心理学家赫伯特·西蒙就曾预见到未来信息社会的情形："信息消费的是人们的专注力，因此，信息越多，人们越不专注。"

现在的我们，要对抗的就是海量信息对我们注意力的掠夺。如何分清什么是有效信息、什么是无效信息，并且不将宝贵的注意力浪费在无效信息上，这需要高度的自律与自省精神。

科学家研究显示，人的注意力越集中，越容易在你做的事中得到满足感。美国威斯康星大学神经科学家理查德·戴维森把专注力列为人类不可或缺的心理能力之一，他发现，专注力高度集中时，大脑前额叶皮层的关键回路与意识指向的目标达到了同步状态，他将此称为"阶段锁定"。比如，让实验对象每次听到某个音调就摁下按键，如果实验对象专心致志，他们前额叶皮层释放的电信号，也就是我们俗称的脑电波就会与目标声音实现精确同步，按键的准确率非常高，而且整个实验过程对他来说是愉悦的。但是如果实验对象思想涣散，无法集中注意力，同步现象就会消失，错误率会提高，枯燥的实验也会给他带来烦躁的感觉。

练习快读与培养专注是一个相辅相成的过程。一方面，专注可以让我们读得更快，记得更牢；另一方面，训练阅读速度也可以让我们的专注力大大提升。因为大脑的运算速度很快，快到超乎我们的想象，如果信息进入大脑的速度太慢，大脑使用不完全，就会出现许多小空当，而为了填补这些空当，大脑自然就会分心去想别的事，会像自动导航一样滑向你无法预料的方向，让你无法专注于正在阅读的内容，这样阅读速度就更慢了。而如果阅读速度提升了，大脑忙碌起来，没有余力分心，也就会变得更专注。这就像学校课堂上，老师讲得太慢，学生反而容易开小差。

每个人都有专注的能力，但是这个能力有高下之分。认为自己不专注的人，并不是完全不能专注，而是不容易进入专注状态，专注时间不够长，专注程度也不够深，容易被打断，被打断之后又需要花很长时间重新投入。

我们可以做一个简单的阅读提速练习，这同时也是一个提升专注力的练习。

先画一张简单的练习表格，每行有这么几项内容：日期、阅读内容、阅读时长、阅读字数、每分钟阅读字数。

	日期	阅读内容	阅读时长	阅读字数	每分钟阅读字数
第一次					
第二次					
第三次					
第四次					
第五次					

不要小看这个非常简单的表格，我们这一章节所有练习都要用到，它也是让你迅速提高阅读速度的法宝。

然后准备一个定时器（手机上自带的秒表就很好用，番茄钟和厨房定时器也可以）。刚开始，没有阅读习惯的人集中注意力的时间会比较短，我们可以以一分钟为单位时间，读一分钟就停止，用数行数和每行字数的方法算出一分钟读的字数，记下来，然后休息一会儿，再来一次。因为有准确时间和字数统计，成绩好不好一目了然，就像打完一盘游戏马上能看到得分一样，作为一种直接的即时反馈，很容易激发大脑的好胜心。一轮一轮接着来，当作一种挑战自己的小游戏。

就这样简单地计时阅读，读不同类型、不同难度的书，记下你的成绩，时间从一分钟延长到三分钟、五分钟、十分钟、半小时，字数也从一行一行算，变成一页一页算。不用任何技巧，只要阅读、计时、记录，这本身就是一种非常有效的阅读速度训练和专注力训练。

如果你觉得这样练还不够，接下来我们再来尝试一些提高阅读速度的小技巧。

（三）提速技巧

1. 手指引导阅读法

读得慢，首先要改善的是眼睛注视的习惯。在默念和逐字阅读的人那里，阅读是一个字一个字进行的。我们可以用食指或一支笔来帮忙，让手指或笔引导你的眼神滑动，逐渐提高视线移动速度。

首先，以你平时阅读的速度，用手指在一行字的下方从左到右滑动，一分钟后，记下所读的字数。接下来，用比你平时稍快的速度顺着字行从左到右滑动，强迫视线跟着手指前进，只要能让视线追着手指跑就对了，一分钟后，记下所读的字数。就这样反复练习。刚开始每天几分钟，之后逐步增加练习时间。

普通人的阅读速度大约是每分钟三百到五百字，熟练的阅读者可以达到一千到两千字，这个速度对大多数人来说已经足够。那些速读术号称的每分钟可以阅读近万字，也许通过训练是有可能的，但我个人觉得必要性不大，而且在我的体验中，读得太快的内容忘得也快。比如我曾试过半小时读完十万字的小说，当然是那种文字特别轻松、情节特别抓人的小说，通常还因为时间特别紧迫，比如想站在书店把它读完，或是书马上要还了，这种情况下阅读速度可以达到每分钟三千字。可是以这种速度读的书常常会遗漏一些细节，感受也不深，记忆时间也较短。所以我反而会在读得太快的时候提醒自己慢下来。

要成为一个有优势的阅读者，在一般的阅读中达到每分钟一千字的速度，并且保证足够的理解率，这样的能力已经够用一辈子了。

阅读速度低于每分钟三百字的读者，可以以用手指从左滑动到右的方法引导提速。等超过这个速度后，手指从左到右移动就有点碍事了，可以改变手指路线，将手指放在一行字的中间，从上到下移动。

这个时候要练习的是视线的宽度。法国眼科医生艾米列·加瓦在十九世纪八十年代就将快速阅读与眼部运动实验结合起来，他用实验证明，我们的视线范围比之前想象的更宽，这个发现也是快速阅读的基础。当你的手指指向一行字的中间，这会引导你的目光看向你的手指，而视线范围则可以尽可能地拓宽。你习惯了这个练习之后，阅读速度会有一个飞跃。

双眼视野可达到二百一十度，但是真正能看清的只有中间的部分，大约六十到七十度。在阅读中，手指引导可以逐渐增加视野的宽度。秘诀之一是把书放得稍微远一点，比如三十厘米，比大多数人习惯的距离要远一些。保持这个距离时，视线在书上的角度会比较大，比较方便拓宽视线的清晰范围。这个看书距离其实也是小学生保护视力的建议距离，我们小时候都学过，可惜长大了都忘了，习惯采用最舒适、最方便的姿势看书，对眼睛不好，也不利于提高阅读速度。

用比你的习惯速度稍快、眼睛刚好追得上的速度来练习阅读，每天几次，每次几分钟，争取每天都记录下比前一天更好的成绩。大多数成年人经过一两个月的练习，阅读速度肯定会大大提高。当你的阅读速度到达每分钟五百到八百字时，你便不再需要手指的引导，让它乖乖翻书就行了。

相信我，去读，去记录，看着表格上每天的小进步，会有一种满满的成就感，这也是克服拖延症的好办法。

2. 关键词阅读法

大脑在阅读的时候有两种感知模式，一种是化零为整式的感知模式，就是每次只注视一个字或一个词并感知它，然后再将零散的字词组合起来理解它的意义。这种感知模式有三个缺点：一是需要注视的次数多，花费时间长；二是字和词都有各自的意思，还要经过二次加工才能知道它的组合含义；三是节奏过慢，跟不上大脑思维活动的速度。默读与逐字阅读就是这种感知模式的典型。要提高阅读速度，我们必须运用第二种感知模式，也就是整体感知。

整体感知就是一次注视一个词或几个词，甚至是一个短句，并且整体地理解。这种感知模式大大减少了注视的次数，也加快了大脑理解的速度，使视觉接收信息的速度与大脑思维活动的节奏协调一致，减少大脑的闲置时间，有利于大脑专注于阅读内容，理解与记忆效果都会大大增加。

关键词阅读法就是让大脑学会整体感知模式的一种方法。阅读者自动挑选关键词并投以更多的关注和理解，其他字眼迅速带过。对熟练的阅读者来说，关键词是可以自动跳出来的，就像飞在空中俯瞰大地的老鹰，哪里有猎物一眼就能瞧见，也好像青蛙的眼睛，对于运动的物体一下就能看见，对不动的东西则没有敏感性。每个人的敏感点在哪里，需要自己去寻找。不熟练的阅读者则要进行有意识的训练。

关键词通常包括名词、动词、专有词汇（包括时间、地点、姓名、物品名称、专业术语）等实词，也包括一些重要的连接词和提示词，如"首先""其次""第一""第二""举个例子""总的来说"等。

比如："弗朗索瓦被吓呆了。"

关键词是"弗朗索瓦"和"吓呆"，副词"被"和助词"了"属于非关键词。

短句的关键词很好理解，基本上就是语法中的实词。但在长句中就不一定了，可以根据自己的理解，挑出一个句子中重要的部分。

比如："前面我们谈到蒙台梭利教育的智力问题，现在我们继续接着谈这个问题。"

只要抓住"蒙台梭利教育""智力问题""继续""这个问题"几个词，其他词一眼扫过，你已经可以理解这个句子，这就是你理解中的关键词。

在整本书的阅读中，因为可以联系上下文，关键词会更少，比如我们如果知道上下几个章节都在讲蒙台梭利教育，那在这里就可以不把"蒙台梭利教育"列入关键词，而将其当作一个背景词了。

会不会抓取关键词，决定了你的阅读速度；抓取什么样的关键词，决定了你的理解能力。

在训练阅读速度的时候，可以有意识地以一些长句作例子，用铅笔把关键词标示出来，试着在整行或整段阅读的时候，让视线在几个关键词上跳动，对其他字与词一扫而过。

用不同的句子练习几次后，再用表格来进行时间与字数的阅读统计，你会发现自己的阅读速度又有提高。

3. 字群阅读

有了关键词阅读的基础，按下来就是进阶版——字群阅读法。字群阅读法指的是眼睛像照相机一样将完整意思的若干字一下子摄入眼中并整体感知，不需要一个字一个字地看并组合。字群不是一个精确的说法，大约等于词组或短语，在具体的语境下意义更宽泛，甚至可以扩大为一个短句，各人也可以根据自己的阅读习惯进行定义。有的人的字群只有三五个字，但有的人可以将八个十个甚至更多字作为一个字群。

比如这个句子："巴克在石崖旁边选了一个避风的地方，做了一个温暖又舒服的小窝。"

用字群阅读法，除了关键词"巴克"，再看到两个字群"避风的地方"和"温暖又舒服的小窝"，就能理解整句话的意思。

练习的时候同样可以根据你的理解，先用铅笔标示字群，然后试着让视线一眼看到标示的所有字，而不是一个字一个字地辨识。用这种方法记录时间与阅读字数。字群的字数可以渐渐增加。如果能够做到每天练习半小时，十天后就能取得很大进步，一两个月后就能进入无意识感知字群的状态——前提是，你真的每天专心练习。

字群阅读是阅读的高阶状态，对于熟练的阅读者来说，选择字群是一个无意识的过程。非熟练的阅读者有意识地学习划分字群、多读多练，也很快能够进行字群阅读。从学会到习惯，从有意识到无意识，必须依靠更多的练习和时间的积累。

四、快读的另一层含义

读得快有两重含义，一层就是眼睛看得快，这可以通过简单的练习来提高，也就是我们上一部分的内容。

但我们前面已经说过，这种能力是不可能无限提高的，一味提高眼动速度，会有误解文本的风险。对高段位的读者来说，看字速度区别并不大。

快读还有第二层含义——快速掌握一本书的有效信息，而非一字一句读完全书。

在如今这个信息过多、出版图书也过多的时代，不是每本书都值得你从第一页看到最后一页，所谓"读完一本书"有时仅仅是"读完这本书的主要内容"，或是"读到了我需要的东西"。对有些书来说，这样读过已经足够。

如果接受了这个观念，一小时半小时看完一本书根本不是什么了不起的事。这种看完，就是在有技巧的浏览与翻阅中迅速掌握自己需要的内容，也就是我们通常说的"干货"。现在有很多讲实用方法的书，洋洋几十万字，其实"干货"可能就是那么几千字，散见于整本书大量的数据、调查、案例、解说里，如果不是这方面的专业人士，实在不需要花太多时间一个字一个字慢慢读。快速过一遍，迅速提炼"干货"，这才是最有效率的读法。

有一次，我看见九〇后的年轻同事拿了一本《抗衰老饮食》，我说："这不是中老年人看的养生书吗？你们小姑娘看了干吗？"她说这本书很红，是她的同龄小伙伴推荐给她的，几个好朋友人手一册。我拿过来一翻，是美国著名医生、营养学家阿特金斯博士的作品，他的抗衰老理论非常超前，在实验中取得了很好的效果。我专心地用一个多小时翻看了一遍，还把其中的重点都做了笔记。笔记中我总结出书中抗衰老的两个要点是控糖和打破自由基损害链，并列出我认为重要的食物成分利弊，记下身体不同器官与不同疾病的注意事项。后来这份笔记在她的小伙伴中迅速传开，我戏称她们是"九〇后养生小组"。我猜这些小姑娘不太可能有耐心去读一本三百页的关于抗衰老的书，很可能只是凑热闹买的。而我也只需要用一个多小时快速了解这本当红养生书的精髓，列出抗衰老饮食的宜与忌，再下单书中推荐的几种抗衰老营养素，用行动将书本内容贯彻到生活中，这才是读一本实用类书籍的最高效方式。

我是一个专业的出版工作者、阅读推广人，基本每天都会收到新书，接触各种各样的新书资讯。别人送的书已经读不完了，还常常忍不住上当当、天猫网购一通，再加上工作中需要参与各种荐书、各种评选，必须在限定时间内读尽可能多的书，于是，快速阅读就变成了一项必不可少的技能，不能按预期完成就会感到焦虑。多年来，这成了我的一种日常工作与娱乐结合的方式，也练就了我以各种速度看完一本书的能力。

那么，如何判断该用多少时间读完一本书呢？

（一）预设目标法

前面的几种方法是对浏览速度的训练，也就是快读的第一个层面。而从第二个层面来说，不是每本书都需要从第一页读到最后一页，也不是每一页都要从第一个字读到最后一个字。对于不同的书，我们可以预设不同的目标，再来决定自己的读法与阅读速度。

我们要做的第一步，就是要知道面前的是一本什么书。在《如何阅读一本书》中，作者告诉我们："你一定要知道自己在读的是哪一类的书，而且要越早知道越好。最好早在你开始阅读之前就先知道。"对于知识类、实用类和文学类书籍，你设定的目标不同，读法自然也不同。

目标包括两层含义：一层是时间目标，你希望用多长时间读完这本书；一层是理解程度目标，你希望读完后能达到什么程度的理解。

对于一本流行的方法类书，你的目标可能是尽快读完，学习它的方法，并且看看是否对你有用。显然这是一本需要使用最快的速度来读的书。

对于一本你感兴趣的学科基础知识类书，你的目标可能是掌握这门学科的概况，并且尽可能地记住。不要认为这本书就一定不能读得太快，你可以先用快速阅读的方法浏览一遍，脑子里对整本书有个大概框架，再进一步精读。

有人认为方法类、知识类的书可以设定目标，文学作品就不能。其实不然，你仍然可以设定一个相对含糊的目标，这有利于你的快速推进，否则就会像那些越读越慢的人，被一本大部头拖了几个月半年还没读完。更糟糕的是，不仅这本读不完，还会有"不读完这本不能读别的"的执念，结果搞得自己心烦意乱。

假设我拿到一本小说，比如王安忆的新作《考工记》，我希望在三天时间内读完它，读完后能向别人复述这个故事，或者能用两三百字写出内容简介（当然不是照抄购书网站上的简介），这就是一个很清晰的目标。有人会觉得这个方法太功利、太机械，可是对于能力的培养，有时真的需要这种强硬的方法，否则就只能靠更大的阅读量和更长的时间来提高阅读能力与阅读速度了。

日本明治大学教授斋藤孝在他的《超级阅读术》一书中介绍过他在大学课堂上训练学生阅读速度的两个方法。

第一个方法是布置学生五天内读五本书，然后在课堂上用一分钟时间、以自己的语言向大家讲述每本书的内容。学生每天还有其他功课和其他事情，无法用很多的时间来完成这一项作业，每天能抽出一两个小时来读书就不错了，于是只好拼命提高阅读速度。

第二个方法是在课堂上把学生分成两人一组，各用五分钟读一本新书，然后向对方讲述书中的内容。五分钟是一个很短的时间，想要看完一本书是不可能的，甚至大致翻翻也非常紧张。刚开始，学生们觉得这是个不可能完成的任务，完全不知道该如何下手，练习得多了，他们逐渐能够紧凑地利用这五分钟。先确认书名、看一看封面文案，然后浏览目录、序言、后记等，如果还有时间，再迅速翻动书页，补充一些信息，用来加强对书内容的整体理解。

这是两种非常好的阅读训练法，相信用这种方法训练过的学生，一定会练就扎实的阅读功力，他们的阅读既有速度又有质量，同时还能更好地体验到其中的乐趣。阅读会变成一件他们一辈子都离不开的日常乐事。

（二）关键信息阅读法

很多知识达人读书读得很快，每个月读三十本，甚至一天读两三本。你可千万别以为他是把每本书从头读到尾，他们这种读法，是一种提取关键信息的读法。他们与你的差距，更多的不是眼睛看字的速度，而是判断信息的能力，以及长年累月坚持做这件事的习惯。

如何判断一本书里哪些是关键信息呢？这得看你自己的需求。阅读前可以预设几个问题，设置问题的过程，就是摸清自己需求的过程。等回答清楚这几个问题，这本书就算读完了。

这种只提取有用信息的阅读法，正是我们所说的终极速读法。

我总结出了四个问题，带着这四个问题读一本书，尤其是一些实用类、方法类的书，你的速度将会呈几何级数提高。如果再配合笔记或是分享，对书的理解与记忆也不见得比从头到尾读完来得差。

1. 我为什么要读这本书？

选择阅读一本书总有自己的理由。先搞清楚自己读这本书的理由是什么。

如果是封面或文案吸引了你，或是从别的渠道知道了这本书，很好奇，想了解一下，那么，我们可以用最快的速度浏览一遍，挑出重要的段落或观点来读，有时甚至站在书店或图书馆就可以直接看完。

如果觉得这是一本不错的文学作品，那就需要从头到尾仔细读。至于阅读速度，通常是由语言风格及你的投入程度决定的。

如果是真的感兴趣的书，或是为了深入了解其中某一个课题，那就将它列入值得细读的书，别着急，慢慢读。

刚开始，这个选择过程是有意识的，可以参考我们的第二章"选书篇"来进行。但是在你阅读量到了一定的程度之后，这个选择的过程就会变成一种下意识的快速判断，就好像你面前站了一个人，你会下意识地判断你和他的熟悉程度如何，要不要打招呼，用什么样的态度来对他。你在极短的时间内就能作出判断并采取相应行动，不再需要经过漫长的思考过程。

经过了这样的筛选，你会发现，你那长长的待读书单，或是家里越堆越高的书，再也不会给你造成那么大压力了。书那么多，本来就不用每本都细读啊！

2. 它是本什么样的书？如果用三句话来总结这本书我会怎么总结？

要了解一本书的内容，现在有很多的渠道。封面和封底的简介文字，目录、前言后记、开头结尾，这些都能够帮你迅速判断这本书的主要内容，然后可以根据书的内容和风格来确定你读的速度。

无论读得多快或多慢，每读完一本书都可以试着回答这个问题，这是对阅读能力的极好锻炼，说起来有点像是某些人学生时期语文课的噩梦——归纳中心思想。不过最大的不同在于，那时读书是被迫的，现在读书是自愿的，这便有了很大的区别。

3. 这本书的内容哪些对自己来说是重要的？哪些是不重要的？

对于一本非文学作品来说，在阅读过程中不断地问自己这两个问题是很重要的，可以让你略去那些不重要的部分，把更多的时间和注意力花在重要的部分上。在这个充满了海量信息的社会，想要掌握你面对的所有知识和所有信息，是一个不可能的任务，那只会让你淹没在信息的汪洋大海里找不到方向。所谓"知识焦虑"就是这么来的。面对信息，迅速判断自己是否需要，快速做出取舍，才是信息社会最需要的能力。

面对长篇小说这样的文学作品，在你看完之前要做的唯一一件事就是沉浸其中，用心感知自己喜不喜欢这个故事，最关注哪个人物的命运，能从谁身上找到共鸣。重要不重要，看完再说。

　　我在阅读文学作品的时候，会形成一种自然的速度。顺应自己的内心需求、对情节的关注程度、对人物命运的了解渴望程度，自然形成的心理动力会成为推动阅读的动力。如果嫌自己读得慢，那么就想想这种动力能否再增强一些。

　　很多写得好的非文学作品也会让人沉浸其中，一旦觉察到这种感觉，你就相信自己的感觉，一头扎进去好了。能让你有沉浸感的书，都是与你有缘分的书，请珍惜。

　　4. 能否说清楚这本书让自己获得了什么？

　　普通的阅读者要等全书读完了才能回答这个问题，而成熟的阅读者在读的过程中就会不断问自己。一边读一边梳理书的脉络和自己思想的脉络，有助于提高阅读速度和阅读效率。当然，这指的是非沉浸式阅读，一旦进入沉浸式阅读，就尽情享受吧，不必问那么多问题了。

　　这一步的重点不是"收获"，而是"说清楚"。我们经常在读到某些内容的时候会觉得挺有收获，但真要说收获了什么又说不清。其实，你只是收获了"有收获的感觉"，而不是真正的收获。真正的收获，说得清、写得出，因为，当你要弄清楚自己究竟有什么收获，最重要的就是说出来或者写出来。

　　上面这些方法都不难，但需要真的去做。用枯燥的练习和刻意的坚持来掌握一项新的能力，并且受用一辈子，我觉得还真是一件很值得的事。

分享一句纳博科夫的话："我希望，每个阅读者不仅仅惊诧于阅读内容的丰富多彩，也能体会到拥有阅读能力的无比美妙。"

五、快读的几个认知障碍

（一）设立过高的目标

市面上有很多看起来很有诱惑力但学起来非常困难的速读法，什么"眼动训练法""快速翻页法"等，总让人觉得达不到书里说的每分钟看几千上万个字、一个小时读完一本书就谈不上读得快。这种不切实际的目标，反而会让人产生畏难情绪，更容易放弃本应循序渐进的行动计划。

那些神奇的速读法是需要经过长时间学习和特殊训练的，就像超常记忆术一样，确实存在，但真不是一般人轻易能达到的。事实上，那些吓人的速读术对一般人也没多大必要。对我们来说，只要多读书，读的时候专注，自然就会越读越顺畅，越读越快了。

有一本书叫作《1分钟超强读书法》，是日本的心理咨询师和畅销书作家石井贵士写的，他花了很大的篇幅来讲多读书、快读书的好处，却只花了两个章节来讲这种神奇的1分钟读书法，我仔细看了两遍还是觉得不明白。他的小标题都是这样的风格："看到的瞬间明白一切""努力不去感受书的内容，就能感受到内容了""请把想读书的冲动降为零""想去理解，你就出局了"。恕我愚钝，看来看去还是既不明白也不理解，别提学会了。他后来说，这种方法其实与塔罗牌、水晶和占卜一类的方法相似，"你看到塔罗牌的瞬间，脑海中出现的幻想就代表了一切"。我恍然大悟，通灵啊这是！这可真不是一般人能学的。

其实对很多人来说，中等阅读速度已经够用了，也就是一分钟阅读五百到一千字，即普通开本的一页，这是大多数拥有阅读习惯的成年人的一般速度。如果你觉得自己读书太慢，根本原因很可能不在于阅读快慢，而是花在读书上的时间太少，显得阅读速度太慢。比如你平均三天读一次，一次十分钟，读完一本书确实需要很长时间，但这并不是阅读速度的错，对吗？

（二）认为阅读速度的快慢是天生的

别以为阅读速度的快慢是天生的。其实阅读速度快大多是读得多的缘故，没有任何神秘之处。阅读能力是可以训练的，有的人在很小的时候就养成了良好的阅读习惯，大量阅读培养了他出色的阅读能力。在别人看起来像是天赋般的快速阅读能力，其实是用童年时期更长的时间和更多的无意识练习换来的。没有这样的童子功，想要提高阅读速度，不妨像练习跑步一样制定计划、有意识地练习。不需要很长时间，你就会取得难以置信的成绩。

关键还是那句话——你得去做。

（三）一味追求速度

如果拿起一本书就飞快地看，没有任何预判，没有构建整体性框架，很可能读完了只在脑海里剩下一些碎片，不能形成整本书的完整概念。这样的速读，不算是真正读通一本书。有一种比较极端的说法——"速读等于没读"，针对的就是上面这两种情况。

读过与读进去可不是一回事。以小宝宝认识新事物来举例，他的目光扫过之处，所有物品都会在他脑中留下浅浅的印象。可是只有他凝视着的、用手去摸的，并且想塞到嘴里的东西，才真的被他看到心里了。如果这时妈妈能在旁边告诉他，这个物体的名字叫"杯子"，那么他马上就会把"杯子"这个概念与手中的物品联系起来，"杯子"也将成为他庞大概念库里的一个，再也忘不掉。太快的阅读有时就像小宝宝目光扫过的那些东西，都会留下印象，但印象深浅全看缘分。

快读绝对不是目的，读进去才是目的。如果你飞快地读了一本又一本，却完全没有吸收掌握，那还不如慢慢读一本呢。

有些人觉得任何书都可以用快读的方式读一遍就行，这当然是不对的。很多书如果只是快速读一遍，基本也等于白读了。比如高于你的知识范围与理解能力的书，读起来本就吃力，如果再拼速度、赶进度，不给自己慢慢理解、将新知识与原有知识架构结合的时间，也没有沉下来消化吸收的时间，读完除了新认识几个专有名词，恐怕真不会有什么收获。

另外，语言比较艰涩的书如果读得太快，最后也会发现没读进去，一无所获的同时也会觉得很无聊，很容易放弃阅读，从而错过一些宝贝。这样的书一开始就要慢读，细细体味语言风格，学着去适应它。进入了用特殊语感和文字营造的语境后，再考虑慢慢提高阅读速度。

还有，关于学科基础的书、经典的书，这些书将要作为你整个阅读生涯的地基，一定要打好扎实的基础，不吝时间与精力，精读、慢读、反复读，掌握专业术语，了解学科基本框架。在这样的基础上，再去读比较浅显的同类书，你就会觉得非常轻松。读这种书所花的时间，将为你未来的阅读生涯节约很多时间。如果没有打好这样的地基，自己的整个阅读大厦很难稳固，也很难再往高处建造。

不过，在决定是否精读之前，先用快读的方式过一遍是有必要的。可供选择的书太多了，别人的推荐不一定适合你，而再经典的书如果读不进、不喜欢，只能说明它和你没缘分。除了学科与职业必读书目，没有什么书是一定要读的，我们应该在泛读的基础上判断一本书是否有必要进一步精读。

有位朋友向我诉苦，她经常遇到这样的情况：拿到一本书觉得太好了，一定要细读，于是就用很慢的速度开始细读。可是她工作忙、孩子又小，每天用于读书的时间不多，一本书随便就会耗上很长时间，然后新的书来了，又觉得特别好，只好丢下旧书去细读新书。这样下来，每本书都没读完，每本书都留下遗憾，怎么办？

我给她的解决方案是：

第一，适当加快细读的速度。

第二，增加每天的读书时间。时间从哪里来，请参阅第一章"时间篇"，或者干脆简单点说：少看手机，时间自然就有了。

第三，把细读的门槛提高一点。决定慢慢细读一本书之前多问自己几遍"我为什么要细读这本书"，或者像《学会提问》

里建议的那样追问："关我什么事？"对啊，这本书到底关我什么事？是可以补充我的知识架构，符合我关注的阅读主题，还是它的作者、题材、风格吸引我？一定要有明确答案，才能确定一本书是否值得细读。

"关我什么事"这个问题，不仅在面对一本书的时候要问自己，在面对一篇标题特别吸引人的文章时同样需要问问自己。自从有了这个意识，我花在"标题党"文章上的时间少了一半。请牢牢记住，我们的注意力是宝贵的，不要花在那些不值得的内容上。

如今这个时代，信息筛选成了每个人最需要掌握的能力，如果缺乏这个能力，只会被排山倒海的无效信息彻底淹没。信息太多既占用时间与注意力，也占用思维能力。

见过那种整天沉溺于手机的人吗？犀利观点挂在嘴上，动不动抖出几个时髦说法，显得很博学。可是他所有的观点全都来自"爆款"文章，说的话都似曾相识。真要就任何问题进行深入探讨，你会发现他其实完全没有自己的想法。因为他的全部脑容量都放在"看别人怎么看"上，忘了思考自己怎么看。这实在也是一种乏味啊。

阅读这件事也一样。书太多，没人看得过来。在书山书海里挑选值得花时间的书，是读书人要做的第一件事。如果一个

"好像还不错"的评价就要花费你数周甚至数月的时间，你舍得这个时间吗？

当你经过这番思索与考量，并且以快读的方式断定一本书值得精读，接下来就该进入我们的下一章——"精读篇"了。

麦小麦的独家书单：十部关于命运的非虚构作品

1.《巨流河》

齐邦媛 著

生活·读书·新知三联书店，2011年

巨流河是辽河的另一个名称。年逾八十的女作家齐邦媛以自己与父亲的生平为素材，讲述从东北到台湾，两代人的命运，两个地域的变迁，视野开阔，是一部非常值得细读的非虚构作品。

2.《心灵的慰藉：一部非同寻常的地域与家族史》

[美] 特丽·威廉斯 著，程虹 译

生活·读书·新知三联书店，2012年

作为博物学家和作家，生活在美国大盐湖的特丽·威廉斯一直和家族一起，观看各种候鸟与自然变化。与此同时，她也要面对母女三代人相继患上乳腺癌的命运。自然在变迁，生命在消逝，这本看似讲述自然保护的书籍，同时讲述了三代女性如何面对死亡的经历。在写完这本书之际，作者发现自己也患上了乳腺癌，她写道："我讲述这个故事，是为了医治自己，是为了给自己铺一条回家的路。"

3.《我不知道该说什么，关于死亡还是爱情》

[白俄] S.A. 阿列克谢耶维奇 著，方祖芳、郭成业 译

花城出版社，2014年

2015年度诺贝尔文学奖获得者阿列克谢耶维奇的作品。这是一部当代罕见的非虚构文学经典，是对过于依赖科技、无节制高速发展的人类一记重重的提醒。作者访问了上百位受到切尔诺贝利核灾影响的人民，无辜的居民、消防员、现场清理人员，每一页都是奇异而残忍的故事，每个人至今都生活在恐惧和愤怒中。她的作品没有任何虚构成分，但现实竟然比小说更让人觉得不可思议。

4.《去你的，生活：与卢西安·弗洛伊德共进早餐》

[英]乔迪·格雷格 著，屠珀 译

新星出版社，2015年

只要看过弗洛伊德的画——那些扭曲而充满张力的裸体，怪异却有魔力的面容——你就会想要了解这是个什么样的人。他是当代艺术的教父级人物，是精神分析学鼻祖弗洛伊德的孙子。他一生都在创作，一生都在恋爱。他有十四个孩子，其中有作家、诗人、艺术家、设计师，可他们很多终生不曾见面，甚至不知道对方的存在。他的一生已经完全不能用复杂来形容，很多人想为他写传记却被他禁止发表。作者在数年时间里与他共进早餐，从同一家餐厅一顿又一顿的早餐中，渐渐探寻到他一生的脉络。

5.《不朽的远行》

[法]让－克里斯托夫·吕芬 著，黄旭颖 译

上海译文出版社，2015年

法国著名作家、法兰西学院院士、医生、外交官让－克里斯托夫·吕芬，在从大使职位上卸任后开始了徒步九百公里

的西班牙朝圣之旅。二十一世纪的今天,交通如此发达,为什么还要以古老的步行方式进行这样的行动?他从专心寻找意义到忘了意义这件事,近一个月的行走让他脱胎换骨,意义却不知不觉浮现。宗教的虔诚不是全部,寻找与触碰才是答案。

6.《农夫哲学:关于大自然与生死的沉思》

[美] 吉恩·洛格斯登 著,刘映希 译

广西师范大学出版社,2016年

作家兼农夫吉恩,最爱的事是在农场里摆弄植物,观察来来往往的各种活物。他认为,只要人类静下心来面对大自然,就能发现与生命和谐共存的秘密,发现生与死的终极奥义。在医生宣布他得了癌症之后,他动笔写了这本书。一辈子与动植物的密切相处换来丰沛鲜活的细节,书里那些闻所未闻的自然趣事,幽默的笔触和对生死豁达的思考让人读来十分愉悦,加上译者刘映希的文字特别好,完全没有"翻译腔",特别值得推荐。

7.《山中最后一季》

[美] 埃里克·布雷姆 著，赖盈满、何雨珈 译

上海社会科学院出版社，2016年

这是一本触及灵魂的非虚构作品。美国内华达山脉国家公园的资深巡山员蓝迪失踪了，越来越多的人加入寻找他的队伍。人们一边寻找，一边回顾他的一生。他爱文学、爱哲学、爱妻子，然而还是最爱山野。人们也不知道他这样的资深巡山员究竟是发生了意外，还是特意不让人找到他。那一天发生了什么？没有人知道。直到五年后偶然发现他的遗骸，一切仍然是一个谜。小说一般的笔法，又有着非虚构的审慎和严谨，写出一个以山野为灵魂归宿的传奇。蓝迪的世界，远在我们的日常生活之外。

8.《她他》

[英] 简·莫里斯 著，郁飞 译

外语教学与研究出版社，2016年

英国著名旅行作家简·莫里斯的自述。他生下来是个男孩，但三四岁时就清晰地觉得自己应该是个女孩，他的人生在关于

性别的困惑与纠结中展开。他勤奋工作、结婚生子，四十六岁那年终于在妻子的支持下做了变性手术，由"他"变成"她"，与妻子以姑嫂相称，成了孩子们一个多管闲事的姑妈。此书从幼时写起，异常坦诚地直面自己的心路历程，她说："我们每个人都拥有自由选择自己生活的权利，我们每个人都可能是雌雄同体。"

9.《大地上的亲人：一个农村儿媳眼中的乡村图景》

黄灯 著

台海出版社，2017年

某年春节，一篇《一个农村儿媳眼中的乡村图景》在网上爆红，作者黄灯博士以亲眼所见亲人的困境，展现当下农民生存的困境，这本以此为副标题的书便是这一主题在广度和深度上的延展。黄灯曾以为自己凭借读书从农村走向城市，已然远离底层农村的辛酸和泪水，可是堂弟的一次偶然造访完全改变了她，感动之际她决定开始书写这个群体，以一种深情而又无比审慎的态度，既避免冒犯，又深入对方内心世界的视角。我觉得，就像前些年引起巨大反响的《出梁庄记》一样，这本书也将成为观察当今农村问题绕不过的范本。

10.《走路的历史》

[美] 丽贝卡·索尔尼 著，刁筱华 译

上海三联书店，2018年

　　这本书把走路这项大家习以为常的活动上升到历史文化的高度，作者说："行走的历史是一部没有书写过的神秘历史。"卢梭、梭罗、华兹华斯都是深度走路爱好者，朝圣、登山、军队的行走，这些各自都有一部长长历史的活动其实根源都是走路。喜欢走路的哲学家、文学家们关于走路都有一些什么思考？哪些城市和地域更适合行走？一个独行者走在一个城市里，会发现一些什么秘密？相比在都市逛街，在大自然中行走是不是更能激发人的思考与灵感？这是一部关于走路的文化史。

第四章　精读篇

我们现在面临的这个时代，与古往今来的所有时代都不一样，发生的变化不是线性的、渐进的，而是颠覆性的。刘慈欣在《三体》里用了一个词叫"技术爆炸"，说人类这种智慧生物所拥有的技术，到了某个拐点之后，便以远远超出以往数倍的速度发展，就像爆炸一样。

随着技术爆炸式发展，信息也呈爆炸式增长。我们现在一年出版的书太多了，读得再快也读不完，不如找些你认为最值得读的来细读、精读，把文字内化为自己的养分，把别人的思想和故事变成自己的阅历。

朱光潜说过："与其读十部无关轻重的书，不如以读十部书的时间和精力去读一部真正值得读的书；与其十部书都只能泛览一遍，不如取一部书精读十遍。"

　　什么书需要精读呢？专业书、理论书、经典书、提升你思想的书、与你有缘分的书。学生时代的课本，都是我们精读过的书。一章一节、一篇一课，先预习，生字生词查字典，好词好句下画上线，全篇诵读，了解背景知识、写作过程，再由老师带着我们一句一句解读，一个要点一个要点分析，读完了还要做阅读理解，甚至要全篇背下来。这样摸爬滚打折腾过好几节课的文字，就叫作真正的精读了。这些书不仅为我们打下了基础，更重要的是培养了令我们终身受益的思维方式。为什么说童子功重要，就是因为这些精读发生在生命的早期，如同在一张白纸上画下的轮廓，后面的一切学习都是在这个轮廓上的加工与涂抹。早期精读基础没有打好的人，以后再想学点什么，就要花得多得多的功夫才能弥补。只是因为我们的应试教育有时不太人性化，有太多让人反感的地方，以致很多人只剩下一个不愉快的回忆，却没有掌握其中的精髓。

　　人与书也是讲缘分的，有些书会一下击中你的心，让你读了又读，欲罢不能。这种书你不妨慢慢读、细细读，把自己交付出去，延长它与你的缘分，让那些打动你的东西融进你的血液、成为你的趣味，通过文字与作者神交，让那个你喜欢的作者影响你、陪伴你。

与我最有缘的是《红楼梦》《简·爱》和《飘》，都读了很多遍，现在的我身上有着太多这几本书的印迹。尤其是《红楼梦》，我甚至一度认为人可以分两种，一种是喜欢《红楼梦》的，一种是不喜欢《红楼梦》的。父母让我从小就开始读四大名著，除了《红楼梦》，其他三本我基本无感，仅仅是完成任务似的过了一遍就再也不碰了。同样是这几本书，我的作家朋友陈思呈对《西游记》情有独钟，甚至后来还写了一本《一走就是几万里》专门来解读，这个精读可真是卓有成效。

我读《红楼梦》，在自己读过的书中算精读了，但与其他"红楼迷"比起来只能算小巫见大巫。"红学"早已被当成一门大学问，"红学家"也成了一个"高冷"的身份。多少人一辈子都在读《红楼梦》，读出文学、读出考据、读出政治、读出衣食住行，红学著作汗牛充栋，那些人真叫读得精。我的作家朋友中也有好多位把对《红楼梦》的观感写成书，西岭雪的《西岭雪探秘红楼梦》《宝玉传》《黛玉传》，陈艳涛的《花非花梦非梦：后来读懂的〈红楼梦〉》《红楼未完，人间有戏：〈红楼梦〉里的治愈哲学》，闫红的《误读红楼》，全都是她们精读红楼的成果。闫红还写了一本《我认出许多熟悉的脸：闫红读名著》，是她重读中外经典的心得，深得我心。把爱好读成这样，把阅读变成事业，也真是成就感满满啊。现在我也是在向她们学习，把多年读书的心得和方法写出来。

为了对抗时间，抢占太过分散的注意力，让有价值的东西在大脑里留存得久一点，我们有必要总结一些精读的方法，更好地吃透一本书，这才不枉我们花费时间与精力来读那些好书。

一、怎样才算精读？

有的人以为所谓精读，就一定要将这本书反复阅读然后记住，搞得自己压力太大。其实精读也是个相对的概念，不必太过强求，更不必为达不到既定的目标而焦虑。你又不是《射雕英雄传》里黄蓉那过目不忘的妈妈，哪能轻易记下一本书呢？

叔本华说过："要求读书人记住他所读过的一切东西，就像要求一个人把它所吃过的东西都储存在体内一样荒谬。"

《传习录》中也有这样一段。"一友问：'读书不记得，如何？'先生曰：'只要晓得，如何要记得？要晓得已是落第二义了。只要明得自家本体。若徒要记得，便不晓得；若徒要晓得，便明不得自家的本体。'"

看，晓得比记得重要，明自家本体更比晓得重要。什么意思？就是找到自己、明心见性。

所以，不要再发愁记不住你看过的书了，理解作者的意图，掌握他的观点，将其中的一小部分融入自己的思想，这就是读书最大的意义。

再说，现在的记忆载体这么多，我们大可以好好利用，把大脑空间释放出来做更重要的事。什么是更重要的事？读更多的书，增加你的见识，强化你的大脑分析能力，能够判断什么应该记住，什么可以存在数码设备里。当你需要找的时候你知道在哪里找得到，这是比记住一本书的内容更重要的事。

那么，怎样才算是精读？我认为大致做到下面这三点就是精读了。

（一）概括一本书

能用自己的话概括一本书，是精读的第一个要求。这本书讲了些什么？作者想表达什么？作者是如何用那些内容表达自己观点的？读完一本书要能够清楚地回答这些问题。

其实，这不仅是精读的要求，而且是所有读书的要求，如果读了一本书都不能用自己的话来概括内容，那真叫白读了。

我的心得是，看一本书有没有读好，就看能不能用不同的篇幅准确地概括它。比如别人顺口一问："这本书讲啥的？"你既能用一句话描述这本书，也能和他就这本书聊上一个小时。

做线上分享时，既能用三言两语发个朋友圈或微博，也能写出长篇大论发在豆瓣或知乎。

我们编辑的职业要求之一，就是要能分别用一句话、一百四十字、五百字三种篇幅给一本书写简介。为什么是一百四十字？源于当初的微博设定啊！虽然现在这条规则已经被打破，但习惯保留了下来，这个字数，也是很多网络页面排版时比较合适的字数。

哪种篇幅更容易写呢？短的会更容易写一些。这说起来有点像小时候的归纳中心思想，有的小朋友写得超级简单："这篇课文讲了作者小时候的朋友闰土的故事。"而有的小朋友会这样写："《少年闰土》这篇课文通过作者的回忆，刻画了一个见识丰富、活泼可爱、聪明能干的农村少年——闰土的形象，反映了作者儿时与他短暂而又真挚的友谊，以及对他的怀念之情。"同样是一句话，信息量大不相同。只有经过更进一步思考，才能在简介中加入更多的信息，而这些信息的获取，都依赖于进一步的理解与归纳能力。

同样是一句话的概括，可以有完全不同的面貌。比如《约翰·克里斯朵夫》，你可以归纳为"一个音乐家的一生"，也可以归纳为"一个英雄的一生"，着眼点很不一样。一句话的概括也可以看出很大差别。比如《安娜·卡列尼娜》，有人归纳为"一个女人婚外恋最后自杀的故事"，有人归纳为"一个女性在情感中寻找自我，却最终失败的故事"，这也大致能了解一个人的阅读境界如何。

一个好的读者，会透过文字看作品的精神内核。在读文学作品的时候，在那个活灵活现的故事背后，作者到底在表达什么？是什么样的情感，又或是什么样的理念？发现这个精神内核不是一件容易的事，通常需要通读全书，有自己的深入思考后才能得出结论，而这个结论又因人而异。正如鲁迅说《红楼梦》："经学家看见《易》，道学家看见淫，才子看见缠绵，革命家看见排满，流言家看见宫闱秘事。"

现在信息获取的方式太多了，当我们拿到一本书的时候，出版者已经给了我们各种各样的信息：腰封上可能写着醒目的一句话简介，以及各路名人从不同角度的推荐，封底上可能有全书的内容梗概。如果这本书是你从网上买来的，还会有各种角度的推介。这种情况下，我们还有没有必要自己动手做归纳工作呢？有，一定有。有了各种概括的版本，要用自己的话作出不同的概括会更难，也更考验你的精读程度。

比如2018年在各种文学奖项以及图书奖项上取得骄人成绩的王安忆新作《考工记》，编辑的简介就写得非常好：

《考工记》是战国时期的一部手工业技术文献，记载了各种工艺的规范及体系。

王安忆写《考工记》，却是带着历史的长焦，描述一位上海洋场小开，逐渐蜕变成普通劳动者的过程。

出生世家的陈书玉，历经战乱，回到考究而破落的上海老宅，与合称"西厢四小开"的三位挚友，憧憬着延续殷实家业、展开安稳人生。然而，时代大潮一波又一波冲击而来，文弱青涩的他们，猝不及防，被裹挟着，仓皇应对，各奔东西，音信杳然。陈书玉渐成一件不能自主的器物，一再退隐，在与老宅的共守中，共同经受一次又一次的修缮和改造，里里外外，终致人屋一体，互为写照。

半个多世纪前的"西厢四小开"，各自走完了自己的人生路。他们是千万上海工商业者的缩影，是上海这座繁华都市的沧桑注脚。

继《长恨歌》之后，《考工记》是王安忆书写的又一部低回慢转的上海别传，而"上海的正史，隔着十万八千里，是别人家的事，故事中的人，也浑然不觉"。

这真是一个好的图书简介的范本，短短一段，包括了书名来源、一句话概括、百字故事情节、主题升华，更难得的是文字风格与作品一脉相承，有情有韵有余味。

我在《羊城晚报》开设"'爱读书会'荐书榜"栏目已经好几年了，大约两周一期，每期五本书，到2020年有一百八十多期，也就是推荐了近千本书。每本书都用一两百字来介绍，那就是我的版本，不同于编辑或其他推介者的版本。

像《考工记》这本书的简介，编辑写得再好再全面，我还是会写出自己个人化的版本。这部小说读下来，我知道"西厢四小开"中其他几个人的存在，但对他们没有特别的感觉，心里只装着主人公陈书玉，只关心他的命运，限于篇幅，我也不能写太长。所以我是这样写推荐理由的：

王安忆新作，很像一部男版《长恨歌》。上海男人陈书玉守着一座即将颓败的大宅，从战时意气风发的"西厢四小开"，到几十年后萧索无趣的男教师，生命由盛到衰，大宅由衰到残，人与大宅交相映衬，他们的命运都被冥冥中一只看不见的大手掌握着，顺应或挣扎，精进或避世，谁也不知道哪条才是自己该走的路。一座大宅史，是一个人一个家族的历史，也是一部大上海数十年的风云史。

对一本书，每个人都有不同的角度和表述方式。读完一本书，一定要自己总结一次，这是精读的一个重要组成部分，也是这本书在你心中的模样。一千个读者就有一千个哈姆雷特，用语言把你的哈姆雷特写出来，他在你心中的位置会更稳固。

（二）勾勒出书的完整框架

精读一本书，这本书就会在你大脑里形成一个完整而清晰的框架。你清楚作者的思维过程、逻辑结构，有了这个框架，你从这本书里读到的所有内容和观点就能往里面填。你读得有多精，就能往里面填多少东西。

在经典的《如何阅读一本书》中，两位作者艾德勒和范多伦认为，一本好书就像一座房子，每个部分都要按一定的秩序和规则排列，找到这个秩序和规则就是一位正在进行分析阅读的读者的任务。书里还打了个很有趣的比方："一本书出现在你面前时，肌肉包着骨头，衣服裹着肌肉，可说是盛装而来。你用不着揭开它的外衣，或是撕去它的肌肉，才能得到在柔软表皮下的那套骨架。但是你一定要用一双 X 光般的透视眼来看这本书，因为那是你了解一本书，掌握其骨架的基础。"

好的比喻有着自己强大的诠释力，你会顺着那条类似的路径走到比文字更深的地方。骨架怎么找？有的人真的要把书的内容一层层地剥去才能发现，而有的人只要翻翻看看就能找到，这也是阅读能力的差异。

　　理论性和实用性的书，逻辑框架通常都比较好找，因为任何一本这一类型的合格作品，作者在开始写作前都要先建立一个完整架构，然后按照逻辑结构一点一点填充内容。通常研究一下目录，就能把这个结构看清楚。

　　比如蒙台梭利的《童年的秘密》，是后来风靡全球的蒙台梭利教育理念的奠基之作，自从二十世纪三十年代出版后，彻底改变了父母对儿童心理和教育方法的传统认知。即便近一百年后的今天，我们仍然能从书中得到很多启示。

　　这本书的结构很容易厘清。作者第一部分开宗明义，推出她的了新发现——"精神胚胎"。她认为，孩子生来自带精神胚胎，会自己进行一系列有规律的积极的心理活动，如果成人不了解这一点，在养育孩子的过程中很容易对孩子的良性成长造成阻碍。这个观点在当时有着振聋发聩的意义。不是说孩子是一张白纸吗？不是有以行为主义为理论基础的行为训练法吗？蒙台梭利在这一部分里明确告诉我们：那都是错的。

　　观点树立起来了，接下来她在第二部分"新教育"中提出了很多独树一帜的具体养育方法，指出现有的误区。最后，在第二部分"儿童与社会"中，她阐述了儿童与成人的关系，呼吁社会赋予儿童应有的权利，并提出父母不是儿童的创造者、控制者，而是监护人，有义务保护和关怀儿童。这些我们今天看来理所当然的观念，在当时却是非常先进的。

以上就是这本书的简要结构。

不要以为只要看目录就可以厘清一本书的逻辑结构。目录是作者个人化的内容编排，反映了他的思维结构。可是每个读者吸收到的内容是不同的，更重要的是，每个人的思维方式和着眼点都不一样，读完一本书后，你列出来的结构也多半和目录不一样。何况还有很多作者其他方面很强，但逻辑性上真的有点奇怪，很难掌握他的脉络。

就说《如何阅读一本书》吧，作者将全书分为四篇，分别是"阅读的层次""阅读的第三个层次：分析阅读""阅读不同读物的方法""阅读的最终目标"。可是作者心中又另有一个逻辑架构，他们将阅读分为四个层次："基础阅读""检视阅读""分析阅读""主题阅读"。所有谈论这本书的人基本会从这四个层次入手，而不是从四个篇目入手，可见目录与真实架构之间真的不一定对应。说实话，如果不仔细厘清这本书的逻辑，还真是很容易犯晕。在作者心中四个层次的比重很不一样，第一、二、四层都只占了一章，分别藏在其他的篇目里，只有第三层分析阅读占了整整一个篇目。这种结构既不美观也不齐整，很容易让完美主义者崩溃。

很多人觉得这本书不好读，除了语言、翻译和举例的问题，我觉得结构不够清晰是一个重要原因。比如知识达人秋叶在他的《秋叶：如何高效读懂一本书》中提到为这本书做思维导图，就毫不客气地"吐槽"："这本书虽然名气很大，但是内容庞杂，结构不清，作者也是想起一节就写一节，要把他的脉络理清楚是很难的，至少按他的目录去整理框架是非常辛苦的。"

现在的畅销书榜上还有一类书，是某个专业领域的达人将自己的博客、公众号或知乎文章结集成书，这些文章之间有一个隐性的主题，但并没有完整的逻辑架构，想起一个题目写一个，篇数和字数差不多了就结集成书，并且以那个隐性的主题为书名。如果没有火眼金睛，看不透这样的成书过程，会在整理的时候遇到很大的困扰。比如有本很红的《假性亲密关系》，作者史秀雄是专业心理咨询师、知乎大咖，文章写得非常棒，概念也提得非常妙。虽然就像作者自己说的，这不是一个严肃的心理学术语，但是它一语破的地描绘了我们经常看见的一种亲密关系的状态，是个很好理解也很好用的概念，有些原本看不懂的奇怪关系，用这个概念一套就明白了。

在认真表扬了这本书之后，我还是要说，这就是一本知乎文章结集，并不是一本针对"假性亲密关系"而写的专著，它的结构和篇目是散的，并不能全都统领在这个主题之下。如果想要就这个论题拟一个提纲，其实只要看第一部分"爱情的假性和真相"就可以了，而后面的"与自己对话"和"来自父母的爱与伤"，都是在讲自我、家庭与爱情的关系，并未就"假性亲密关系"这个论题展开层层递进的讨论。

我曾担任一家听书网站的内容顾问，看到负责撰写这本书听书文稿的作者就被目录迷惑了，以为这本书有一个严密的围绕书名的逻辑结构，其实，整本书论述的中心是"亲密关系"，而非让人眼前一亮的书名"假性亲密关系"。

武志红是我特别喜欢的心理学作家，很多年前就开始关注他的作品，我不一定赞成他的所有观点，可是他强大的专业背景和不拘一格的思维方式，增加了我对人性和人生的理解维度。我在广州电视台读书的节目"晚安广州·悦读之夜"担任策划和嘉宾主持时曾请他当过嘉宾，后来又把他请到我们"爱读书会"与大家近距离交流。他的书每本我都会收藏，每本都细看，收获特别大。

但是他早期的部分作品也存在同样的问题，整本书是散的篇目结集，不是在精心搭建的框架中写成的。读者看到的观点很难体系化，吸收的东西总是东一点西一点，有时候甚至让人觉得有些概念先行。比如他提出的风靡一时的概念"巨婴"，一度就有种被滥用的感觉，放在谁身上都可以，任何不良行为都可以套一套。

幸好我等到了他在"得到"上的音频课《武志红的心理学课》，这是他多年的心理咨询与写作的总结。他花了很多精力将自己的多年成果精心梳理了一遍。整个课程分为三百三十三讲，十三个主题，分别是命运、自我、关系、动力、思维、身体、情感、觉知、空间、创造、现实、自由和无常，而这十三个主题的内在逻辑是"道生一，一生二，二生三，三生万物"。命运是"道"，自我是"一"，关系和动力是"二"，思维、身体、情感是"三"，觉知、空间、创造和现实是"万物"，最后，自由与无常复归于"道"，是为"万物归一"。这是一个非常精妙同时也非常个人化的结构，以这个结构为纲，他将二十五年来听过的上万个人生故事、六千多小时的咨询和三百多万字的文章全部整合进来，真是一个浩大的工程。后来，该课程稿件经重新编排打磨，由磨铁图书出版，书名为《拥有一个你说了算的人生》，分为"活出自我篇"和"终身成长篇"两部。这两本大部头，绝对是武志红最重要的作品。

比起知识性、论述性的书籍，文学作品的结构和脉络更难掌握。除了每个故事的情节结构，我们更应该把握的是文学的内在脉络。关于这个问题，作家阎连科有着特别精辟的论述。

他在为华中科技大学本科生上的一堂主题为"文学关系——阅读与写作的内脉线"的文学课上说："我们读过各种各样的书，经常觉得它们很庞杂，可是为什么在批评家眼中，这些书的脉络却都很清晰呢？"他理出了文学作品的六条线，分别是"文学的家族伦理线""文学的社会关系""社会伦理关系""文学心理学""作家与文本的关系""人与物的关系"。

比如《红楼梦》里错综复杂的家族结构图，《战争与和平》中庞大且紧密缠绕的几大家族关系，《百年孤独》第一代到第七代的代际传承。这可以说是文学史上较复杂的三部小说，可以用家族伦理线来梳理。

雨果的《悲惨世界》则是社会关系脉络的代表，书中所有人物都与冉阿让有关。在这类小说中，人物关系越特别、越复杂，小说就会越好看。

社会伦理关系的代表是陀思妥耶夫斯基的《卡拉马佐夫兄弟》。其主要情节是父亲和三个儿子与一个妓女的关系，虽然这是一个大家庭内部的故事，但是可以抽象出四个男人和一个女人的关系。

博尔赫斯的伟大之处在于他不写人，不写人性，所有的情节都出于偶然。他一举推翻了十九世纪以来的文学创作模式，不断探索作家与文本的关系。伍尔夫的《达洛维夫人》是意识流小说的代表，可以用心理学来解释与梳理。海明威的《老人与海》是最典型的人与物的关系，"海"这个自然环境与"老人"这个人物角色是平等的，没有海的推进就没有后来的故事。

比起知识性书籍的逻辑框架，文学作品的内在脉络梳理要难上很多倍。阎连科这堂课，就是关于文学作品脉络的最好诠释。沿着他的思路，一本复杂的小说也可以变得有迹可循。

（三）细读难点，掌握概念与知识点

精读一本知识性的书，除了能够概括主要内容、厘清逻辑框架，还要细读其中你觉得比较难的地方，或者掌握书中的概念和知识点。

作家张翎对精读也很有心得，她说："我读书的习惯还是偏于精读，会认真地对待选择的大部分书，尽管有的书并不好啃。比如近期在读的托马斯·曼的《魔山》，其中经常出现大段大段的、连续几十页的关于哲学宗教历史各种现象的评判性的文字。这些段落占了这本本来就很厚的小说的至少三分之一篇幅。这样的书写方式在今天的图书市场可能不会拥有哪怕一百个读者，但我觉得这是托马斯·曼作为世界文学巨匠之一的思考踪迹，如果想了解那个时代一个具有巨大影响力的作家，我不能仅仅因为阅读上的障碍和阅读习惯的不适就跳过这些段落，其实人也需要时时挑战固有的阅读兴趣和模式。"

很多时候觉得一本书难读，是因为里面包含的专业词汇太多，这些概念你或者完全摸不着头脑，或者似乎知道但又不能确切说出来，这都叫不懂。要解决这个问题，唯一的方法就是耐心地一一拿下。你可以在网络上搜索，也可以去找相关书籍来学习。

比如读卢梭的《社会契约论》，他用到的很多专有名词后来已经成了生活词汇，看上去很熟悉，但是作者想要表达的概念与你想当然的意思并不一样。如果不真正弄清它们，是无法领会书中真义的。我们来看这一段：

如果我们撇开社会公约中非本质的部分，只取其精髓，便可以将其浓缩为这样一段话：我们中的每一个人将自己的人身和所有力量奉为公有，遵循公共意志的最高领导；我们将每一位成员都视为整体不可分割的一部分。

表达似乎也不算很生僻，没有什么高深的专有名词。但其实"社会公约"是卢梭思想体系中的一个重要概念，他还专门写了一本名为《社会公约》的书，如果你只读了这段话而不深究，你从中获得的信息也就有限了。

再举个例子，霍金的《宇宙简史》，这是一本面对大众的科普书，但因为讲的是宇宙物理学知识，对一般人来说仍然很难理解。像这段：

恒星离我们太远，以致在我们看来，它们只是一个个针尖大小的点。我们无法确定它们的大小和形状，那么我们怎样才能区分不同类型的恒星呢？对于绝大多数恒星来说，我们能够观测的唯一准确的特征，是它们发光的颜色。牛顿发现，如果太阳光通过一个棱镜，它就分解成它的成分的颜色——它的光谱，就像彩虹一样。把望远镜对准某个恒星或星系，同样可以观测到这个恒星或星系的光谱。不同的恒星，有不同的光谱，但这些不同光谱的相对亮度总是恰好能与某一个炽热物体发出的光相同。这意味着我们可以根据一个恒星的光谱来确定它的温度。此外，我们还发现，在恒星的光谱中缺失了某些特定的颜色，而这些缺失的颜色是因恒星的不同而变动的。我们知道，每种化学元素都吸收有特征的一组特定颜色的光。因此，只要对比从某个恒星的光谱中缺失的每种颜色，我们就能确定在该恒星的大气中究竟存在哪些元素。

　　和我一样的文科生同学们，是不是有种"每个字都认识，合起来就是搞不大清在说什么"的感觉？如果你只是像读文学读物一样快速读一遍，这些让你感到陌生的字词句只会在脑子里稍作停留，时光的波浪冲上来，脑海里就了无痕迹了。但是如果你慢慢读，多读几遍，并且查一查"光谱"的意思，了解化学元素如何吸收特定颜色的光，你就能真正理解这段话的意思，也能明白人类是如何做到仅仅通过望远镜观察星星的光线就能初步判断它的成分。

　　说到科学，有本书特别值得精读，就是北京大学哲学系教授吴国盛教授的《什么是科学》。吴国盛教授先学地球物理，再攻读哲学硕士与博士学位，这样的教育背景真是从事科学史研究的最佳人选。

　　什么是科学，"在现代汉语里有广义和狭义两种用法，广义的用法，大略相当于高端知识、典范知识，与 episteme 或 scientia 相当；狭义的科学，大略相当于英文的 science，即优先指现代科学"。吴教授此书立足于为中国人解惑，他从现代中国人的科学概念讲起，然后追根溯源进入西方语境，让我们真正理解希腊理性传统和现代数理实验框架下科学的真实内涵与边界，最后又回过头落脚于传统中国的科学，全书构成一个内容纷繁但结构清晰的闭环。

在这个严整的框架下，作者认为，科学既不等同于技术和促进生产力发展的工具，也不等同于人类目前的智力成就。这是一个完全来源于西方话语体系的词，来源于希腊理性思维。从数理实验意义上看，中国古代根本就没有科学；但从博物学的意义上看，中国古代有着独特而且强大的科学传统。

吴教授说，在不同的语境和不同的需求下，人们不一定需要一个绝对正确的科学标准，"如果想区别科学与常识，你可以强调科学的精确性和逻辑连贯性；如果想区别科学与宗教，你可以强调科学的怀疑和批判精神；如果想区别科学和人文学科，你可以强调科学的数学和实验特征。当科学事业出现内部问题时，我们可以讲讲科学的规范……当科学事业遭遇公众误解和攻击时，我们可以讲讲科学的价值……再说，生活中也不是处处都需要科学，有时候像占星术那样的伪科学也可以用来娱乐，为何一定要斩尽杀绝？"

读完此书，"科学"这个熟悉的词在你心中一定会多出很多内涵与外延，更重要的是，无论你是混沌感性派还是实证科学派，恐怕都会对对方多一些理解与包容。

拓展你的思维边界，让你看到更多元的世界，这也是我们终身阅读、精读好书的最终目的。

二、精读最重要的方法——慢读

所谓精读，一定是慢慢读。慢读让你在放慢阅读速度的过程中，伴随思考、加深理解、增强记忆，将一本书慢慢吃透并且内化为自己的一部分。

慢读可以多慢？我经历过最慢的阅读是在北京学者刘国鹏老师的"知止中外经典读书会"。这个读书会以学者和高校青年教师为受众，他们用了一年多来读《理想国》，用了两年多来读《道德经》，每天晚上请一位嘉宾来解读半小时，只读一小段，谈自己对这一段的理解与分析，非常详尽，大家的讨论会持续到第二天。刚开始只是在群里进行，后来在"荔枝FM"的"知止中外经典读书会"频道播出。这样的解读，比任何的知识付费都要扎实，因为没有哪个收费产品敢把节奏做得这么慢。这样的精读，与市场无关，与流行时尚无关，仅仅与自己的需求和兴趣有关。

这是学者与教师对一本经典的读法，普通人很难模仿，也没有必要完全效仿。我们说的慢读，只要能够按照之前说的两种思路中的任意一种，从整体和细节两方面把握一本书就足够了。

读得多慢才算精读，其实并没有一定之规。如果你平时读书很快，一本关于方法论的书通常只花一天甚至一个小时来读，那么，用三五天来读一本书就是非常精细的阅读了。

时间宝贵，慢读会花掉你更多的时间，所以在确定你是否要精读一本书之前，最好是用我们上一章讲的快读方法快速过一遍，再决定你是否要在这本书上花这个时间。书太多，重要的是选择适合你的书。名气大、地位高的书不一定适合你，对于不适合的书，无论你下多大的决心也很难读下去。要知道，我们想坚持一件事，一定不要完全依靠意志力，而要坚持这样一个法则：40% 的乐趣 +40% 的需要 +20% 的意志力。

读书也一样，我们要精读的书，一定是非常有兴趣的，或是非常需要的，再加上一些自律，就很容易深入进行下去了。

慢读的时候，除了降低阅读速度，让我们有更多的时间来理解消化，我们还可以做下面这几件事：

（一）反复读

有难度的书、有深度的书，都值得一段一段、一节一节反复读。古人说"书读百遍，其义自见"，不懂的东西多读几遍就明白了，好的东西多读几遍就记住了。

比如《查拉图斯特拉如是说》，是尼采这位个性哲学家里程碑式的作品，它提出了著名的"上帝已死""超人出世"，几乎包括了尼采的全部重要哲学思想，同时又以散文诗般的文字写成，读来华美绮丽。这样的作品如果不慢慢读、反复读，基本就是读了也白读。

很多经典文学作品中的精彩段落也值得反复阅读，像《红楼梦》里的很多情节都值得一读再读，每读一次都会有新的收获。这就是"把书读厚"的过程。

有些关于方法论的书，如果你真想学到其中的方法，也必须反复读。比如经典的《P.E.T.父母效能训练》，提出了"你—信息"与"我—信息"，第一法、第二法与第三法等非常直接的沟通概念，但是其中很多的好方法与我们本能的应对方式是有差距的，甚至是截然相反的。如果你只是读一遍，并不能真正转化成为你育儿的新方式。我在读这本书的时候是这样读的：先通读一遍，大概知道全书讲了一些什么方法，再把我特别需要的内容标注出来重读。但这还远远不够，我还做了一件事，就是将其中的案例提出来。书中的案例通常是对比着写的，先写父母习惯的做法，再写符合P.E.T.方法的好父母的做法。我会先看第一种，然后合上书，打开电脑，把我自己在相同场景下的应对方式写下来，再接着看书中的第二种方法，看看自己哪些说法可以改进，怎样说效果会更好。

我的儿子在进入重点中学后遇到了很多难题，我与他的沟通也一度困难重重。特别感谢这本书，让我和他的情绪从最低谷迅速走出来。可是我向其他父母推荐这本书时，经常得到这样的回应："这书我早看过，方法是好，但做不到啊！"为什么做不到？因为没有这样像读课本一样把书反复读、拆开读，把自己放进去读。只有这样读，才能真正把书中的方法用到自己的生活中，才真能把书读成自己的。

已经养成习惯的反应方式是很难改变的，无论你看书看得多么认真，一旦实际遇到事情，习惯的说法还是会脱口而出。但现在你知道了更好的方法，哪怕又无意间用了不好的方式，还可以复盘，可以总结，可以提醒自己下次做得更好。这就是精读的意义。

（二）翻译

对于深奥的文字，我们可以逐字逐句来解读，这个过程有点像翻译。读英语书的时候，大多数人都要在脑子里把英文词汇翻译成中文才能理解；读古文的时候，除了那些古文功底特别扎实、古文阅读量特别大的人，一般人也得将文言文逐字翻译成现代汉语才能理解。读很难理解的书，我们也可以参照翻译的思维方式，用自己的话慢慢解读一遍。有些解读可能是错的，是想当然地曲解了作者的意思，没有关系，往后读着读着就会发现并且纠正过来。

（三）朗读

在董卿的《朗读者》节目带动下，这些年有很多人爱上了朗读。将好书朗读出来并且做成综艺节目，确实是一种阅读推广的好方法。事实上，朗读除了是一种表演性的活动，更是一种加深文字理解的好方法。对于书中很难懂的地方，看不懂，读出声来，多读几遍就懂了。那些文字特别漂亮、情感特别丰富、观点特别击中你的段落，也值得用诵读的方式来欣赏。

我一直很喜欢朗读，看书看到精彩处会忍不住读一读，如果是在不打扰别人的地方，还会声情并茂来一段。几年前我开了"荔枝FM"电台"麦小麦讲故事"，刚开始是给小朋友讲绘本故事。小朋友慢慢大了，不用听故事了，我就会在心血来潮的时候随便朗读一点什么，有时是诗，有时是一段文字，可是因为太随心所欲，朗读水平进步并不大。

有一次因为要上台朗诵，我特地请教了好友吕囡囡，她是广东电台著名主持人，各种朗诵大赛的评委。我问她："你们专业人士那种饱含感情的声音是怎么来的？"她说，最重要的就是要有画面感。这真是有经验的人才能总结出来的秘诀。要有画面感，就得把一段文字反复读，读着读着，脑子里会像放电影一样有画面流淌出来，这不是对文字最深刻的理解吗？

2018年11月，我应邀参加广州市委宣传部和广州市妇联举办的"红色经典咏流传"活动，朗诵了舒婷的诗《祖国啊，我亲爱的祖国》，并由广州电视台拍成专题片。没想到拍几分钟的朗诵视频居然会那么麻烦，一首诗我断断续续念了近十遍，在广州图书馆里换了好多场景，拍了一上午，幸好最后呈现的效果还不错。在后来的采访中我说："朗读是朗读者对文字内容再创作的过程，用声音来体现文字之美，朗读可以传达比文字更浓烈的情绪，传达文字内在的能量。"这正是我对朗读的理解。

好的朗读就是一种再创作，是将已有的文字素材用自己的嗓音重新表现出来。表现的好坏，得看你对文字理解的深浅对错。有些人声音非常好听，但是怎么读都不对味，不是特别夸张做作就是感情色彩南辕北辙，这就是对文字的理解有问题。

我们在阅读时辅助进行的朗读，不必像表演性朗读这样高要求。只要你试着饱含感情去读一段文字，就一定会加深对它的理解与记忆，你与它的缘分也会更进一步。

（四）抄写

小时候我们都有个摘抄本，遇到好词、好句、好段，就把它抄下来。刚开始是老师硬性布置的作业，抄着抄着，爱读书的同学就会把抄写当作习惯延续下来，甚至在老师布置的那一本之外自己再弄一本，只抄自己喜欢但又不愿意给老师看的内容。而那些不爱读书的同学，只要老师没要求，马上放弃，一个字都不肯多写。

摘抄的作用除了把重要的句子和段落记下来，抄写的过程本身其实也是增强对内容的理解和记忆。一个字一个字地照着抄，心里就在反复地揣摩这段话。可惜现在很少有人愿意用笔写字了，用键盘敲下来也是好的。如果仅仅是用拍照或复制粘贴的方式来做读书笔记，不一定有加深理解的作用。拍下来的内容如果不多看几次，甚至会比其他内容更早忘掉。因为脑子会产生一种错觉，总觉得对一段内容做了这么多笔记，就算是记住了，反而会更少地将注意力投射在上面，结果适得其反。

对于真正重要的书、真正喜欢的内容，别怕累，抄起来。用笔抄是首选，用键盘逐字打下来也行。

（五）背诵

我从小怕背书，越怕越背不出，越背不出越抗拒。我又特别爱对事情发表评论，一心认为背书就是应试教育的毒瘤，自然也就不会去思考如何才能背得快、记得牢。恶果就是现在我能背诵的诗文特别少，很不像一个学古代文学的人。这成了我一个特别大的遗憾，后来想弥补，却发现太困难了，花了很大的力气，成效却微乎其微。怀孕和带孩子的过程中，我想借机背些诗，当时是记住了，过一段时间马上忘光，很无奈。很多事需要童子功，该小时候做的事没做好，长大了花十倍的力气也不一定能做好。

把好的文字背下来，是真正拥有这些文字的最佳途径。背诵是一种最直接的内化，就像每个中国人看到月亮都知道"举头望明月，低头思故乡"，所有意境与情感都浓缩在十个字中，胜过千言万语。如果不是把诗背下来了，看到月亮又从何感叹起？

中国古话说"熟读唐诗三百首，不会吟诗也会吟"。郑板桥说自己写诗写文的时候，"苟能背诵如流，则下笔作文，思潮奔涌，不患枯涩矣"。老舍先生说过："只有'入口成章'，才能'开口成章'。"巴金在《写作生活的回顾》中也说过："我得感谢我那位强迫我硬背《古文观止》的私塾老师。这两百多篇古文可以说是我真正的启蒙老师。"很多作家和学者都得益于大量背诵打下的坚实基础。

作家梁衡有篇文章叫《背书是写作的基本功》，他说："语文的学习方法固然很多，但我以为最基本的也是最简便的办法之一就是背书。……一切知识都是以记忆为基础的。语文学习更是如此。……正像跳舞要掌握基本舞步一样，只有肚子里滚瓜烂熟地装上几十篇范文，才能循规为圆，依矩成方，进而方圆自如，为其所用。"这里说的是背诵对写作的意义，对理解文字同样重要。

对大多数成年人来说，要背诵大段的文字实在是太难了，背不下来，退而求其次，记个八九不离十也行，这就是现在我对一些特别好的段落的记忆目标。气人的是，当时好像差不多都记下来了的文字，别说过一年半载，就是几个月后也忘得差不多了。那么这样的背诵与记忆就没有意义了吗？绝对不是。一方面，这个过程对你的大脑是有强化作用的，就像做健身操一样，努力背诵的过程就是让大脑做健身操。另一方面，为背诵而一遍一遍读的过程，会让你更深地理解这段文字。如果是观点性的内容，即使你背不下来，也可以用自己的话表达出来，因为你理解并记住了这个观点；如果是描述性的内容，很久之后，你把原文忘掉了，文字表现的画面却刻在了你的脑子里，你忘掉了文字，但记住了美。

我读韩松落的《我口袋里的星辰如沙砾》，里面有这么一段话，描写了新疆的草地之美：

那些草，是冰草，牛蒡，麻黄，怪柳，沙红柳，沙蓬，香柴胡，香青兰，水镜草，野息香，小叶朴，山杏，半边恋，沙茴香，雨久花，细叶茴香，黄花苦夏子，阿尔泰紫菀，黑枸杞，小黄花，石蒜兰，芦苇，白柳，茅香，马茄子，紫花地丁，水麦东，水杨梅，白草，龙葵，花苜蓿，蒲公英，野亚麻。

把这一切都写下需要一百个长篇，不，一百个长篇也不够，光是草香，就没有哪种语言能够形容，站在草香扑面的草地上的心情，也没有语言能够形容。

读来太美了，我当时就反复地诵读了很多遍，除了那些植物名，其他部分都背下来了。几个月后我去新疆，真的在赛里木湖畔闻到了那种奇妙的草香。这段文字我已经背不出来了，可是那种意境留在我心里，大自然神奇的美与文字意境之美零时产生化学反应，那一瞬间，我站在赛里木湖畔泪流满面。

（六）沉浸

对文学作品来说，慢读是一种极大的享受，沉浸其中，让你与喜欢的书的缘分尽量延长。

不知道你有没有过这种体验，一本书一看就很喜欢，舍不得一下子读完，一天一小段慢慢地读，每读一段都能回味好久，快读完的时候有种特别不舍的感觉，如同要与一位好朋友告别。如果发现能让你产生这种感觉的书，祝贺你，那真是太幸运了。读—回味—再接着读，这个过程比起迅速从头读到尾，多了一段又一段的回味时光，它会在你的脑子里一次次留下更深的印象。等读完后合上书，书中的内容和情节仿佛自己亲身经历过一次，书中的人物也好像成了生命中一个个曾经的熟人。

卡森·麦卡勒斯的《心是孤独的猎手》就给我这样的感觉。从台湾一位不算特别出名的作家朱少麟的《伤心咖啡店之歌》走进卡森·麦卡勒斯的世界，我先读的是她的成名作，也是朱少麟的致敬之作《伤心咖啡馆之歌》。一看之后特别喜欢，马上决定把她的作品读齐。这位天才小说家从二十出头开始写作，到五十岁去世，一生中只创作了六七部作品，却在美国文学史上留下极重的一笔。她十七岁第一次中风，一生被病痛折磨，还曾经几次试图自杀。她的写作主题充满了孤独与疏离。

孤独就像麦卡勒斯的底色，先"哗啦"刷一层，再"哗啦"刷一层，感觉还不够，干脆把整桶的孤独泼到画布上，够浓够酽了，再在这底色上描摹乖僻的老小姐、奇怪的聋哑人。那种感觉暗合了我当时的心态。

那时我辞职做了自由撰稿人，写稿写得焦虑，就歪着身子在书桌旁的懒人沙发上看书。还记得那个看得到火车的家，书房比卧室还大，一面墙是大窗，两面墙是书架，除了一张书桌，中间还放了一个孤零零的跑步机。那个叫"随便坐"的懒人沙发太大太软了，不知不觉人就会陷下去，如果想起身就得用力爬出来，所以不到迫不得已我绝不起身，像没有骨头一样瘫在里面（现在脊椎的各种问题恐怕也是那时落下的）。

自由的日子没有上下班，没有同事，没有孩子，丈夫成天出差，独自在家是我的常态。孤独，非常孤独。我一边享受着这种孤独，一边用每周约两次饭局来抵御。在生命的这个节点遇到麦卡勒斯真叫恰逢其时，一样是炎热潮湿的南方气候，一样是孤独与焦灼，一样是人与人的疏离与靠近。每天读一点点，就像真的走进她创造的那个美国南方小镇，见证那些奇异的爱情与人物。

还有一些书可能不见得有多经典，也不一定有很多人知道，或者有多高的评价，但就是让你一见钟情。近年读的几本书就给我留下了很深的印象，有一本叫《不朽的远行》，是法国院士让－克里斯托夫·吕芬写他的西班牙徒步朝圣之行，一本非虚构作品。一个功成名就的男人，突然想要做这样一件更像虔诚信徒才会做的事，他知道自己并不仅仅是为了宗教。刚开始是因为他作为法国驻塞内加尔大使长期被保镖保护，急于体验没有过度保护的生活，想要摆脱一切，远离尘嚣，放空自己。走着走着，他开始有了一些模糊的想法。他不知道那具体是什么，仍旧这样一步一步地走着。刚开始还有当代社会的各种时髦装备，渐渐地，那些华而不实的东西都被他扔掉了，留下的都是最实用的东西。他说，第一周只能算散步，第八天后你会进入一个全新的空间，累积的疲劳让你体验无与伦比的经验。他变得胡子拉碴、衣冠不整，一天天远离现代文明，当有一天他在一处离村庄不远的树丛后拉了一泡屎，他知道自己真的已经放下了现代都市的桎梏。他一路上也遇到各种各样投机取巧的人，有人每年来走二十公里，拼凑成一个全程，有人开车走完大部分行程然后下车走最后十几公里，还有人对一切人声称在走，每天中途却偷偷搭车。两个月，九百公里，他终于一步一步用脚走过。这不仅是一次宗教的朝圣之旅，更是一次人生的朝圣之旅。

看过这本书之后不久，我又遇到了另外两本关于行走的书，一本是德国导演赫尔佐格的《冰雪纪行》，他听说他的朋友、被称为"新德国电影之母"的女导演艾斯纳病危的消息，马上决定从慕尼黑走到巴黎去看她，他坚信，如果他一步一步走过去，她就不会死。他说："我们的艾斯纳绝不能死，绝不允许她死，她不会死的。她还好好的，她根本不会死。现在还不是时候，谁准许她就这样死掉。我每踏出一步，大地就开始颤抖。当我行走，就是行进的野牛；当我停步，便是静止的山峦。她怎么能死！她不许死，也不会死。等我到了巴黎，她一定还活着。"这个信念支撑着他在冰天雪地的欧洲大陆走了几十天，终于走到艾斯纳的家，见到了活着的她。赫尔佐格对艾斯纳的信念，其实就是对电影的信念，对德国电影的信念，对自己的信念。

还有一本是更有名的《走出荒野》，获得美国各种图书大奖，还被拍成了电影《涉足荒野》，由瑞茜·威瑟斯彭主演，获得奥斯卡奖提名。这本书是美国一位想当作家的女孩谢丽尔·斯特雷德的作品，母亲的去世对她打击巨大。在一个偶然的机会下，她决定步行走完太平洋步道。九十四天，一千一百公里，走完这段旅程，她成了完全不一样的自己，也如愿成为一名作家。

这几本书，都是阅读难度不大的非虚构文学。如果要赶时间，我可以读得飞快，但我都选择了慢慢读，走进作者的心灵世界，和他们一起体验行走过程中那些丰富的情感。

关于慢读，我曾应掌阅约稿写了一篇文章，是在阅读乐趣与享受这个层面上来谈慢读，全文如下：

一个读书会关于慢读的美妙想象

前段时间，因为梁羽生文学奖的机缘到广西蒙山中学主持作家蔡骏的见面会。一个男生问："我想读的书很多，但我的阅读速度太慢了，怎么才能提高呢？"蔡骏慢吞吞地说，读得慢不一定是坏事啊，读书本来就应该"慢、深、精"，读得太快，常常不能领略书中的精髓，体味不到文字的乐趣。小男生并没有特别仔细地听，因为这个回答似乎并不能解决他的当下烦恼，我却在一旁感触多多。像蔡骏说的这样，能以慢读为日常的人，该是多么幸福的人。

读得快一直是我引以为豪的事，识字早、阅读启蒙早、开始读大部头也早，一天一本厚书对当年放暑假的我就是常态。现在的我是职业读书人，当编辑、做阅读推广，几乎每天都收到各种新书，每周都要以各种形式向别人推荐书，要不是有多年快读的底子，这份工作根本混不下去。

　　如果仔细回顾，一个月前、半年前、两年前读过的一本书，写了什么？主人公是谁？这本书给我的感觉是什么？我为什么要推荐给别人？我发现记得最清晰的是读这本书的感觉。是好是坏，能打多少分，如清风拂面还是心头压了巨石，只要是曾经读过的书，这些主观感觉数年都不会忘。它们像一叠不断加厚的织物屯积在感觉记忆的仓库里，最终构成我的个人阅读史。而书中的情节、细节、知识，却往往时间一长就想不起来了，好多书很想重读一遍，可是新的书又不断来到我的桌上，并不能随性腾出时间给已经读过的书。不过我还是经常习惯性地一次又一次在迅速读完一本好书之后把它合起来，摩挲着封面，郑重地对自己说："有时间一定要慢慢读一遍。"

　　其实经常是需要重读的，比如要写一篇文章、做一个主题讲座，必须把细节弄清楚，或者抒出一个PPT、一个思维导图。这样的重读也许是慢的，因为要边读边记、边读边整理，但此慢非彼慢，速度慢了，心境并没有慢。

　　其实也是经常不得不慢读的，那些深奥的书，超越了自己知识范围的书，一边强忍难耐，一边逐句细读，字都认识，就是合起来不知道到底什么意思，边读还得边查资料。此慢也非彼慢，这样的慢，有种学生时代准备应付大考的感觉。

　　对我而言，快读是习惯、是生活、是工作，而理想中的那种慢读则是时不时向我招手的悠然享受，是逃离日常忙碌节奏的美妙诱惑。初夏午后的穿堂风中，半躺在客厅沙发上，捧一本喜欢的书，慢慢看，不着急跟着人物的命运往前跑，管它接下来还有一个高高的书堆等着我，我要的只是这个舒服的午后。风吹哪页读哪页，读着读着眈着了，过一会儿睁开眼又接着读。转眼面前的字看不清了，原来一个下午就这样过去了，黄昏已然来临，就这么施施然度过了一个只读了几页书的下午。

专注快读是日常，悠然慢读是享受，快与慢的交替，时光倏忽流去，就是一个读书人的完整人生。

三、精读必备——读书笔记

读书笔记是精读重要的辅助手段。很多人没有做笔记的习惯，也不愿意在书中勾勾画画，又喜欢抱怨看过的书很快就忘了。其实只要你学着做笔记，这个问题就很容易解决，很久之后，即使忘了这本书的内容，只要拿起画过的书或是以前做的笔记，很快就能想起来。

读书笔记有两大派，一派是在书上直接写，一派是另外找地方写。我将两派糅在一起，而且强烈建议大家破除不愿弄脏书的执念，拿起笔来，直接对书下手，因为比起另外做笔记，这样做实在是简单方便许多，也就更容易开始。更重要的是，以后只要看到这本书，就会看到你在书上做的笔记，而你那个一本正经的笔记本，早就不知道放到哪里去了。

（一）画重点

直接在文字下面标重点是最常用的读书笔记法，简便易行，也不会影响阅读速度，唯一的工具就是一支笔。想要再次回顾时，只要翻开看看那些画过的重点，就能想起一大半，是一种付出小、收获大的笔记方法。

有的人喜欢准备各种彩色笔，分门别类做记号，彩铅、水彩笔、荧光笔都是好选择，这会让你将"画道道"这种简单行为变得非常有趣，也会让你的书变得五彩斑斓。看着这样的书，会有种深深的"才算真正是我的书"的成就感。

但我个人非常不喜用彩色笔做记号，原因有三个：一、太幼稚；二、颜色太丰富反而重点不突出；三、我经常把一本书带着到处跑，如果还要带很多支笔，显然不现实。所以我一般只带一支铅笔，像书签一样夹在书里，一物二用。

别小看铅笔，它可真是个价廉物美的宝贝，写的字有质感，错了还可以擦掉。

铅笔最大的好处是字迹保存时间长，只要不摩擦，甚至可以保留到天荒地老。这是有科学道理的，石墨的晶体结构不稳定，所以可以用来写字并轻易用橡皮擦去，但它的化学性质十分稳定，不像圆珠笔或是大多数墨水，时间一长很容易分解。日光、水这些外界因素，对普通墨水有着毁灭性的影响，但是铅笔基本不受影响，这也是传统的航海日志要用铅笔来写的缘故。即便水浸舱了甚至船沉了，很多用铅笔写的航海日志还是保留了下来。

我们的书也存在着日晒和水浸的可能（尤其是有孩子的家庭），即便没有这些意外，也要经历漫长的时光。多年后，看到书架上那本似曾相识的书，抽出来翻开，一看到那些铅笔印，立马想到当年看这本书的情景，想起了那些关键内容，多好啊！

我看书时喜欢夹一支铅笔在书里，走到哪里带到哪里，读到哪里画到哪里。看见好的句子就在下面画线，看见关键词就在下面标小圈圈或者三角形，看见精彩段落就在侧边画一条竖线或者直接把它圈起来，甚至看小说和传记时也会在关键之处标记一下，帮助记忆，以后重温故事脉络也会方便许多。做记号的方法多种多样，怎么标记其实并不重要，完全可以随心所欲，重要的是它确实是伴随着你的阅读注意力标记下来的。

恰到好处的标注会锚定你的注意力，加深你的记忆。一本带有标记的书，可以说是你真正拥有的书了。看完之后，再回过头去看看那些标记，你会对这本书产生新的感情。甚至若干年后，你似乎已经忘掉了这本书，从书架里摸出这本已经显得很陌生的书，但只要看到上面的标注，书中的内容会马上会像潮水一般涌入你的脑海，勾起你的许多记忆。再翻翻目录、前言后记，这本书就真正算是长在你的脑子里了。

画重点的方法因人而异，你可以发明一套完全属于自己的标注法。只要牢记并实践一点：画出来的内容，就是我再次快速回顾这本书时要看的内容。

针对类型的书，我有一些不同的标记方法和大家分享：

1. 学科知识书

关键之处在于用标记厘清逻辑线索和知识要点。别以为有的书上已经有要点一二三四，你就可以不做标记了。要知道，当你想飞速复习全书的时候，只看你自己亲笔标出来的部分，会为你节约不少时间和精力。

有科学家认为，做标记这种行为会让大脑产生"我标出来了就是记住了"的错觉，反而影响记忆。所以，当你一边做标记一边看完一本书之后，一定要从头到尾再翻一遍，把标记的内容过一遍，以抵御大脑的错觉。当然，对一门你真正想要精通的学科，看一遍、翻一遍是远远不够的。想想我们小时候是怎么背重点应付考试的，那就是最精的精读。

2. 实用性的、关于方法论的书

这类书是很多普通读者成年后阅读的主要读物，但很多人都表示，书看了不少，就是记不住、学不会。而做标记可以解决你记不住的问题。

很多实用性的书，洋洋洒洒写了十几万字甚至几十万字，其实"干货"可能就是那么几千字，其余大量的篇幅都是在举例，或者从各种角度论证方法的正确性。如果不是要去向别人讲课，记住"如何做"就可以了。你可以一边读一边判断哪些是你需要的内容，把重要的观点和方法画下来，抓住这本书的重点。在重读的时候，只需要读这些有标记的部分，最重要的内容就一目了然了。这样的标记，可以让你读得精、记得牢，同时还能读得很快，因为你把不重要的内容忽略了，将注意力集中在有效内容上，效率也提高了。

3. 文学作品

很多人读文学作品时会在漂亮的句子下面画线。这是上小学时语文老师教给我们的方法，现在仍然很好用。

因为职业的缘故，也因为记性实在不好，我常常在读小说时在重要人物的名字下面做标记，尤其是第一次出场的人物。

如果这个人物刚出场时很亮眼，后来很快消失了，只是作品中昙花一现的人物，那我就会把那个标记擦掉，以免混淆视听。

这个方法非常简单，对厘清人物线索和记忆情节有奇效，尤其是对那些人物关系复杂的作品，或是名字很长、很难记的外国小说。日本小说有个最让人头疼的地方，就是经常把一个人的名和姓分开写，同一个人用截然不同的名字来称呼，不知道的还以为是两个人，让读者一头雾水。但只要你在这些称呼下面轻轻画一下，后面立马就清晰了。

看画家卢西安·弗洛伊德的传记《去你的，生活：与卢西安·弗洛伊德共进早餐》时，我就发现标注名字非常有用。他一辈子不愿意别人采访他，甚至会动用暴力阻止别人对他的采访，或是答应了之后又后悔，竟然想出到人家工作室偷出采访稿的烂招。英国著名记者乔迪·格雷格在他生命的最后十年终于走近他的生活，在长达数年的时间里时不时与他共进早餐，终于写成此书，而那时他已作古，也没法再反对了。他真是个活在自己世界里的人，所有的道德与规范他都不放在眼里。他一生与无数女人谈情说爱然后同居，留下了许多个孩子。更重要的是，他对每个女人都投入了感情，还有相当多的人留在了他的画里，这本珍贵的传记······写出了她们的名字和故事。我在读的时候很快就发现脑袋里一团糨糊，必须将他身边的女人的名字一一标明，才能看清他的情感脉络和人生轨迹，因为他的人生，就是用画和女人来标记时间的。标记后再拿起那本书，我便可以梳理出那些女人都是什么样子，哪一个人可以对应哪一幅作品，导致了他的哪些变化。

我还喜欢用铅笔将关键情节圈出来。所谓关键情节，可以是整个故事的重要节点，也可以是突出主人公性格特点或是起到重要转折作用的情节。标记方法或是在旁边画一道竖线，或是将整段圈起来。如果你也曾为寻找书中某个的情节而把一本书从头翻到尾，又从尾翻到头，你就知道这些标记意味着什么了。我在写书评或内容提要时，有这些标记出来的关键情节实在太方便了。不是每个人都要写书评，但是很多人会因为小说刚看完就忘而发愁。有了这些标记，无论时间过了多久，只要花十分钟翻上一遍，看看之前标注的名字和情节，就能回忆起整本书的内容。

不要小看做标记这件事，虽然看起来就是画线、画三角、画圈等简单的行为，但其实是你阅读逻辑的外显化，也是你抓重点的能力的全面体现。刚开始你可以随心所欲地乱画，书读多了以后，自然就会形成一套属于自己的方法和习惯，只要你读过的书里都有你留下的记号（当然仅限于你自己拥有的书，而不是向别人、向图书馆借来的书）。我们爱做标记的人都知道：一本新书，只是读过不算你的（只是买来放着当然更不算），只有上面标注了各种记号，无论多少年后只要一翻开就会想起来，这才是一本你真正拥有的书。

（二）写边注

很多人喜欢在书的空白处写边注。最有名的边注当然就是"脂砚斋评《红楼梦》"，一个不明身份的脂砚斋的点评，可以说造就了一小半的"红学"成果。我们当不了脂砚斋，可是自己买的书，边看边记下当时的感想，也算是一件很酷的事。

作家张翎看书也喜欢在书上做笔记，她说："读书时我会认真地做笔记，书页的边缘常常会写满我随心所欲的联想和批评，我甚至会在页面上修改一些错别字和信息上的谬误。看完一本书后，我会再看一两遍这些笔记，根据笔记回忆书中的内容。特别重要的笔记我甚至会抄在笔记本中，尽管我很少去翻看那些笔记，但抄写的过程本身就是一种加深记忆的过程。由于这个原因，我不大愿意借书给朋友，尤其是我已经看过的书，因为我觉得书上的笔记是我思想的私密内衣，我不习惯把内衣晾在公众场所。"

在书上做笔记，我仍然强力推荐铅笔，削得尖尖的，在书边用小字写下当时所想。如果字漂亮，那真会给书增色不少。

以后再翻开时如果觉得怎么看怎么不对劲，也可以选择擦掉。

我的字不好看，面对喜欢的书有点自惭形秽，也就不爱写那么多，但遇到几种情况时我还是会用尽量少的字写下来：

1. 让我感到震撼时

这是读一本书的高光时刻，一定要记下来。我有时会简单写几句此时所想，有时只是留下三个惊叹号或是一个表情符号。只要自己看得懂，下次找得到、回忆得起来就行。

2. 突然冒出来的念头，或是突然想起另一本书、另一位作者时

别以为你的大脑总是那么可靠，俗话说"好记性不如烂笔头"，我深以为然。也许是书中的某一个词，也许是语言带来的某种感觉，或者根本没有什么道理可讲，就是潜意识让你突然联想到什么。这时如果不赶紧记下来，不用过几年、几个月，也许就在看完这本书的几天后，你已经完全想不起曾经冒出的那个念头了。念头不同于感想。感想通常是一个有始有终的思维过程，要记下来得写不少字；念头往往就是一闪念的一个词，不用写太多字，比较适合我。

我还喜欢在标记了书中的重要内容后，将标记的关键词和页码写在书末的空白页上，这样下次查找的时候就更方便了。

对于喜欢在书上写字的人来说，有了感想就写下来，写多

了以后，稍加梳理就可以变成洋洋洒洒一大篇。我有朋友真的就是用这种方法来写书评，是真高手。

（三）做摘抄

相信大家都记得小时候的摘抄本，有老师布置的，但更多的是自发的。那些爱做摘抄的多半都是一些爱阅读、对文字敏感、能从别人的文字里读到自己心声的孩子。自己表达不出来的心事被别人写出来，产生共鸣，于是一个字一个字地默念着、抄写着，抄一遍就仿佛和作者更近了一点，和本以为独属于自己的情绪更近了一分。认真书写的过程让文字和文字背后的意义一点点刻进心里，长成自己的一部分，那样的阅读真是入心入肺。

前两年回父母家中，我发现了姐姐以前的摘抄本，拍了照发给她，让她又惊又喜。她早就忘掉这几个本子的存在了，再看到时如同回到了少女时代。

我们读书会的活动有时会请到一些资深的作家，到场的书友拿出当年的摘抄本给他们看时，抄的人和被抄的人都很动容，其他书友也会很感动。

如今大家就算要做摘抄，也不用真的用笔抄了。键盘输入比手写轻松得多，而且还有语音输入，只要照着想要摘抄的内容念一遍，聪明的手机便会将你的语音转化成文字。只要你的普通话够标准，转化的正确率非常高。手机自带的语音输入法已经很好用了，"讯飞"的语音识别系统技术又更上一层楼，相信很快，人工智能就可以克服方言和口音的问题，语音识别也会变成更普遍的输入方式。

现在还有拍照扫描技术，可以将图片上的文字全部转化为文字。做摘抄时，只需要用手机将要抄的内容拍下来，用"传图识字""图片转文字"等 app 就可以瞬间将图片转成文字，比起一个字一个字地抄，实在是省力太多。

最方便的还是电子书摘抄，只要复制粘贴，就能将大段的文字摘录下来。可是这种太过方便的摘抄，其实并不具备原先摘抄的最重要功能，即强化记忆，有时反而又会掉进大脑的陷阱里，认为自己已经复制下来了，不必仔细看了，结果最重要的内容反而看得最不认真。怎么办？依然是要在看完书后看一遍摘抄内容。只要用很短的时间看一遍，基本相当于把书重翻了一遍，很有用。

但如果只把摘抄当任务，摘抄完了就不管了，那么，越先进、越方便的科技手段，只会让你越记不住。先进的科技只是工具，要怎么使用，全都看你自己。

做好的摘抄笔记需要重看、整理、归类。我通常会用"有道云笔记"来做摘抄，给每本书设置一个文件名，每过一段时间就会把与这本书相关的内容放进相应文件夹，很快就拥有了一个丰富的资料库。"印象笔记""迅飞语记""石墨文档"等app用来做摘抄和读书笔记也很方便，它们都能与电脑同步，这个功能对"笔记控"来说必不可少。

（四）思维导图和 PPT

用思维导图和 PPT 来梳理、归纳一本书，也是整理思路、增强记忆的好办法。思维导图可以自己画，也可以用各种辅助工具，比如"思维导图""XMind""SimpleMind"等手机 app，都是不错的思维导图制作工具。

PPT 与思维导图最大的不同，是思维导图要在一页内把整本书的内容表达出来，而 PPT 则是你想要多少页就做多少页。你可以假想自己准备给一群没看过某本书的人讲解，如何用 PPT 来辅助你呢？我经常要在各种场合分享阅读，做 PPT 就是一件很重要的事。网上也有各种漂亮的 PPT 模板可以购买，让你的 PPT 怎么做怎么精美。

不过，工具与模板都是次要的，重点是内容。要把一本书做成思维导图或是 PPT，既需要清晰的思路，也需要强大的归纳总结能力，还要有新颖的表达手法。

《认知天性：让学习轻而易举的心理学规律》一书认为，学习过程中一个小小的"考试"，比很多遍的连续复习要有用得多，原因是一次又一次的复习是一种简单而机械的学习过程，对大脑没有挑战，而"考试"则是一件很费脑子的事，很容易激发起大脑的应激天性，学习效率要高很多。

根据这个思路，我们也可以在试图记住一本书的过程中运用这个原理。成功创立了全国最大读书会的樊登就是这样，他看书从来不画线，也不做笔记，而是在看完一段时间后合上书，像对待一场考试那样做个思维导图，下次再讲书时，所有内容就会源源而出。

精读过后，我们还可以把书的内容讲给别人听，甚至写给别人看。我是个"分享控"，如果一本书让我很有心得，一定会很想讲给别人听。这也就开启了我们的下一个章节——"分享篇"。

麦小麦的独家书单：八部西方名著入门书

关于名著阅读，张翎说得特别好："一个不知从何读起的人总是可以从最伟大的世界名著开始的，是否能记住并不重要，因为你读过一本好书之后，忘记的只是人名、地名和情节，但书中的文化营养已经潜移默化地成了你整体素质的一部分，经过长期的积累，你的知识结构、视野和高度必然有所不同。一个人生命素质的总体提升和阅读是密不可分的，所以读书从长远来说必然有用，只不过不可拘泥在'立刻有用'上，否则一个人只配去读工具书。"

入选原则：知名度高；情节性强；阅读难度低；篇幅不算特别长；多半已被拍成影视作品，可以与影视对照着看。因为不想选篇幅太长、阅读难度太大的作品，《战争与和平》《约翰·克里斯朵夫》《悲惨世界》《百年孤独》这些公认的超级名著就没有选进来。你可以在读完我列出的这几部、习惯了西方名著的语言习惯之后，再去读这些更厚更难的作品，难度会小一些。书单中的《飘》比较长，有八十万字，不过非常好读。《安娜·卡列尼娜》也有六十万字，但它们都以感情为主线，又有足够多的影视剧作为辅助，大大降低了阅读难度。

这些名著在我国基本都出版过很多个中译本，在此就不列出出版社和出版时间了。选择译本的时候要特别注意译者，且尽量不要买删节本。

1.《简·爱》

[英] 夏洛蒂·勃朗特 著

家庭教师简·爱与男主人罗切斯特打破阶级壁垒的深刻爱情故事，成为后世无数言情小说的灵感源头。但《简·爱》写的是社会现实中的人性挣扎与突破，言情小说却仅仅着眼于各种"霸道总裁爱上我"的情节。

2.《傲慢与偏见》

[英] 简·奥斯汀 著

十八世纪一个英国乡绅家庭中几个女儿的婚嫁故事。这部以客厅、舞会为主要场景，以家长里短的对话为主要情节推动力的作品，几乎成了一个时代、一个国家的真实写照，而这正是该作品的特殊魅力。它特别受后世影视剧的青睐，改编版本无数。

3.《红与黑》

[法] 司汤达 著

外省青年于连奋斗的一生、钻营的一生，险些成功却功亏一篑的一生。这个十九世纪发生在欧洲的故事，对二十一世纪的我们有着特别的意义——我们身边有太多这样的青年。

4.《巴黎圣母院》

[法] 维克多·雨果 著

2019年4月巴黎圣母院的那场大火，让雨果在作品中说过的一句话再次呈现在大家面前。他曾在圣母院墙上发现手刻的希腊文"命运"，他说："在墙上写这个词的人，几百年以前已从尘世消逝；这个词也会从墙壁上消逝，甚至这座主教堂本身恐怕不久也将从地面上消逝。这本书正是为了叙说这个词而写作的。"这是一个关于这座宏大建筑的故事，也是关于三个人命运的故事。

5.《哈姆雷特》

[英] 威廉·莎士比亚 著

如果只推荐一部莎士比亚的作品，当然首选《哈姆雷特》。用最简单的话来说，它就是一部王子复仇记，以最完美的形态诠释了什么是悲剧，反映了最深刻的人性纠结、最复杂的人物性格，可以说代表了整个西方文艺复兴时期文学的最高成就。

6.《安娜·卡列尼娜》

[俄] 列夫·托尔斯泰 著

高官夫人安娜爱上英俊军官渥伦斯基，义无反顾地抛弃婚姻选择爱情，可惜感情敌不过现实，安娜卧轨自杀。教科书上一直告诉我们安娜死于丈夫卡列宁与情人渥伦斯基的冷酷无情，真要看了这部作品，我猜你不一定会同意这个说法。真正伟大的作家除了写残酷的社会现实，一定会更着力于复杂人性的描写。

7.《包法利夫人》

[法] 居斯塔夫·福楼拜

一个向往浪漫爱情的中产女子梦想破灭的故事。小说有个副标题叫"外省风俗"，可知福楼拜想写的并不只是爱与不爱，他想写的是浪漫繁华的表面之下的残酷现实，因而才有了"每个人心中都有一个包法利夫人"这句话。

8.《飘》

[美] 玛格丽特·米切尔

电影《乱世佳人》让这部作品被更多的人知道，我们从这部作品中了解了美国蓄奴制度，了解了美国内战，还喜欢上了郝思嘉和白瑞德。郝思嘉成了女性成长的代名词，而白瑞德则是坏而有魅力的男性代言人。

第五章　分享篇

如何让看过的书真正成为你的一部分？讲出来、写出来，与别人分享，是最方便也是最根本的方法。管理学大师彼得·德鲁克说过："教导别人能帮助我们快速学习。"不是每个人都有教导别人的机会，但分享总是人人能做的。

在向别人讲述一本书的时候，你会想讲得尽量完整一些、精彩一些。为了达到这个目的，你就不得不努力回忆书中内容，梳理自己的思路，按一定的逻辑规律来讲。如果发现别人听不明白或是没兴趣，还得不断调整思路、重新组织语言。这个过程，就是在重温一本书，讲一遍，重温一遍。如果激起听者的兴趣，他们会向你提问，会和你讨论，这个过程就更可贵了，你会把书中读到的内容，结合自己的心得，从各个角度来表述。别人的问题会激发你的思考本能，将读过的书想了又想，可能原本一带而过的部分也被你拎出来重新考量，没有明白的地方经过再思考与讨论就明白了。

网上流行一个学习金字塔，据说它的来源和数据都是假的，但能够流行起来，可能还是有可以参考的地方。学习金字塔将学习分为主动学习和被动学习两种，被动学习包括听讲、阅读、视听，是一种基本的、但效率不够高的学习方式，而主动学习则包括讨论、实践和教授他人，建立在被动学习基础上的主动学习将达到极高的效率。我们说的阅读之后的分享，就是一种主动学习。

一、讲述

读完一本书，甚至还没有读完，正在读的过程中，就可以和家人朋友分享。饭局上，这是一个很好的话题，"我最近正在读一本书"，三言两语说出它的亮点，说不定就引起一个新话题。你总结得妙不妙，能不能激发别人的好奇心，也是对你归纳总结能力、提炼亮点能力的一个小测试。

与别人分享你读过的书，一方面可以加深记忆，一方面也可以检验你是否真正理解了这本书。有些时候，我们读完一本书，由于读得太快、书太难懂、读得不用心等原因，其实并没有真正消化吸收。检验是否真的读懂、真有心得，一个非常简单的标准就是你能不能讲给别人听。

我是一个分享控，如果读了一本很有心得的书而不能与别人分享，于我是一件非常痛苦的事，这也是我会为什么会做一个叫"爱读书会"的读书沙龙，以及为什么成为一个阅读推广人的根本原因。读到一本很喜欢的书，我会迫不及待地和每个人分享，除了读书会和阅读讲座，家人是首选，朋友饭局是最佳场合。我经常对我的两个孩子讲小说中复杂的人性故事，听得他们半懂不懂。

两年前，我的心理咨询师朋友凡一在文章里提到《活出生命的意义》这本书，那篇文章打动了我。我马上找来这本书，一看就被震撼了。德国犹太心理学家维克多·弗兰克尔，他和家人在纳粹时期都被关进奥斯维辛集中营，几年后，除了他和妹妹，全家人都死于毒气室。他是上百万进入集中营的犹太人中侥幸存活下来的极少数人之一。他用写作与思考超越了炼狱般的痛苦经历，让这本书成为一部奇迹般的经典作品。他详细地记录了自己与身边的人从进入集中营第一天开始的身心变化。刚开始大家都心存侥幸，甚至和德国守卫商量保留一点私人物品，到后来在残酷现实面前完全绝望，甚至有的人求死心切。而他则将再见妻子一面作为信念，这个信念支撑着他度过了一个又一个生死难关。他告诉我们，只要找到生命的意义，人无论何时都是有选择的，就算在集中营这样残酷的环境里，你仍然可以选择面对死亡的态度。他既是一个经历者，更是一位随时抽离的冷静旁观者。他以心理学家的眼睛看着自己与他人的心理变化过程，通过对这一经历的回顾与反思，他发展出的意义心理学，成为心理学的一大流派和心理治疗中的一种重要方法。而这本书也被美国国会图书馆评选为"最有影响力的十本著作"之一。

这是一本让我深深震撼的书，它会给你的人生一记重锤，甚至有可能会重塑你的三观。看这本书期间，我几乎是逢人便说，和小朋友们讲，和先生讲，在朋友的饭局上讲，在工作的应酬饭局上讲。当时我们"爱读书会"举办了一期活动叫"夏夜朗诵会"，各自朗诵喜欢的书的片断。我就读的这本书里的片段，也隆重把这本书介绍给了大家。记得那段时间我写了一两篇媒体荐书的文章，还接受了几个采访，我都声情并茂地推荐了这本书。记得其中一个视频采访结束后，记者很有感触地对我说："小麦姐你真的好爱看书啊，讲起喜欢的书来好有感染力，我一定要去把那本书买来读。"

这样的事情发生得多了以后，我渐渐觉得，比起当一个作者、一个出版人，也许我更适合做一个读书人，继而成为书的分享人，把阅读的乐趣告诉大家，为更多的人介绍更多的好书。这也就是我要把自己定义为一个"阅读推广人"的原因。

分享与不分享，对书的理解和记忆差别非常大。比如读小说，因为情节紧张，你忍不住飞快地往下看，看的过程很爽，步步推进的情节和活灵活现的人物都深深吸引着你。可是看完后如果你不和人分享，没有复述一遍这个故事的机会，那极可能不出一个月你就会把这个故事的细节忘掉大半；三个月后，甚至故事的轮廓也记不清了。而如果你能在刚看完时和别人详细讲一讲这本书是个什么故事、有哪些有魅力的人物、你喜欢这部小说的什么特质，那么这本书的轮廓和细节会在你的头脑里保留很久。

举个例子，我在差不多的时间里读了葛亮的《北鸢》和法国作家蕾拉·斯利玛尼的《温柔之歌》，觉得它们都是特别好的小说。《温柔之歌》讲的是一个仙女般的保姆杀了雇主家两个孩子的故事。保姆是我和朋友们日常生活中的重要存在，因此谈起这个话题的机会很多，我在线上线下各种场合多次与各路朋友聊起这本书。而《北鸢》写的是一个民国世家子弟的生命与感情历程，看的时候也深深打动了我，但不知道为什么并没有及时和任何人分享。几个月后，《北鸢》的内容我已经忘得差不多了，但《温柔之歌》却连其中细节都还记得。当然两本书的故事复杂程度和文字表述方式差异很大，但不能不说这种遗忘与有没有分享也是紧密相关的。

全心全意地分享一本书，是一种非常快乐的体验，能让你瞬间重新沉浸到那本书的世界里，所有的亮点会如星星般在大脑中闪烁，很多读的时候没来得及思考的内容，会像泉水一样不断冒出来，让你产生新的感悟。每一次分享，都是对这本书的一次更深入的理解、更详尽的梳理。几次分享下来，这本书的内容就会烂熟于心，你对它的理解程度会不断提高，它也就会真正成为属于你的书，一辈子都忘不掉。

也许有些没有分享习惯的人会说，有事没事就向别人讲一本书，会不会有人觉得我很奇怪呢？其实在需要话题的时候讲一本书是一件非常自然的事，我的开头几乎都是这样单刀直入："我最近读了一本书，特别有意思。"自己好像从来不觉得突兀，听的人多半也会饶有兴趣地听我说下去。我想说，只要你自己不觉得奇怪就行了，你需要顾虑的，只有你讲得有没有意思，能不能吸引别人听下去。

如果家里有小朋友，和小朋友讲你正在读的书是一件非常有意义的事。我家两个小朋友看到我随手放在各处的书，经常会问："妈妈这本书是讲什么的啊？有没有好听的故事？"我就会细细讲给他们听。即使不是故事，我也会用他们听得懂的语言尽量讲清这本书的内容，我为什么要看这本书，看了感觉如何。奥兹的《爱与黑暗的故事》封面设计很特别，全黑的封面上有两个大大的字母 OZ，当时八岁的儿子马上被吸引，问我这是什么书。我告诉他，这是一个以色列作家奥兹写的他自己的故事，他作恍然大悟状："哦，OZ 就是奥兹！"我说这是一个悲伤的故事，作者的妈妈在他小时候自杀了，这件事深深地影响了他，他很不开心。后来他成了一个作家，把自己的不开心写下来，成了一个很有名的作家。妈妈认识的一个作家叔叔叫薛忆沩，看完这本书很感动，写了一篇书评题目叫《那个想长大成"书"的孩子》。他马上又提问了："为什么这个孩子想长大成书？我才不会想变成一本书呢，我要长大成人。"我解释道，因为这个孩子在以色列的耶路撒冷长大，那里一直不太平，老是打仗，不断有人因为战争死去。这个孩子每天面对的就是一个战火纷飞的世界，每天都可能有坏人冲进家里或是幼儿园把他和他身边的人杀掉，所以他对长大成"人"非常恐惧，不想长大成人。而以色列是个非常热爱阅读的国家，书和每个人的生活紧密相连，书也成为活在强烈不安全感中的人们的避难所。而且书有与人不一样的生存能力，书没有家，不一定要生活在某一个地方，可以被带到遥远的没有战火的地方。

所以，他梦想自己长大了会变成一本没有仇恨、没有恐惧的"书"。不过，这个孩子当然不可能长大成"书"，他变成了一个写书的人，他的成长与爱和黑暗相伴，这也是书名《爱与黑暗的故事》的由来。我讲得很动情，他听得很认真，最后他的结论是："这个小孩真可怜，还是生活在我们这里比较好。"

这样沉重的话题我都会和小朋友讲，其他的小说就更不是问题了。

有时我们去逛书店，看到眼熟的书他们就会开心地大叫："这本书我们家里有！"有些书是我很久以前随便翻过的，自己都没太在意，但因为和他们讲过，他们就会牢牢记在心里。

和小朋友谈论你读的书，不仅可以让你仔细回忆、认真梳理书的内容，而且用他们能听懂的话讲出来，就是个深入浅出的输出过程，会让你对全书有着更深的理解。另一个更重要的好处，是让你和孩子的交流不仅仅停留在生活表层，而是更加深入到思想层面，这样的交流会让你和孩子的灵魂紧紧相连，不会走到"孩子长大了就和爸爸妈妈没话说"的尴尬境界。还有一个相当现实的好处，就是可以培养孩子的阅读兴趣。在这种家庭阅读氛围中长大的孩子，就算同样会被电视和手机游戏吸引，阅读也一定会成为伴随他们一辈子的重要部分。

二、线上分享

在线上分享你的阅读心得，也是加深理解、加深记忆的好方法。

最简单的是发朋友圈、发微博，一张封面图，几张内文图，再写几句你对这本书的感想。新收到的书和我正在阅读的书，都是我朋友圈的重要内容，久而久之，身边的朋友真的会根据我的推荐去买书。有的朋友说，想看看最近有什么书可读，就会来翻翻我的朋友圈；还有很多朋友说看了我的推荐会直接下单。这真是一件开心的事，是一种被信任、有同道的感觉，也让我在推荐书的时候更加小心，不要让朋友失望才好。

我也很喜欢看朋友圈和微博的朋友们分享的书。现在的书太多了，朋友的推荐就是他们的选择，相当于帮你把了一道关，志趣相投的朋友的荐书经常让我直接下单。我的朋友圈里出版界人士非常多，看他们的朋友圈，就像看最新的出版动向，新书信息第一时间知悉。像毕飞宇的《小说课》和村上春树的《我的职业是小说家》，就是在朋友圈看到出版界朋友的介绍后马上下单的。我经常收到各个出版社的赠书，也会在朋友圈和微博晒一晒，看完后，喜欢的书、有心得的书再做进一步的介绍和推荐。

另外，如果想更多地了解一个人，看他读什么书、读了有什么感想，或者看他对你的图书分享的回复，都是了解一个人的最便捷途径。是不是同道中人，能不能愉快地聊天，以这样的方式来判断，准确率相当高。

线上分享的途径太多了。豆瓣是发布书评的好地方，短评与长书评都行，还会有人应和或反对，你也能在那里看到其他人对同一本书的评论，非常好用。

如果你热衷于分享图书，以前有博客，现在有各家公众号，都可以把自己写的书评发上去与别人分享，如果不纠结于阅读量的多少，这会是一种非常好的自娱自乐方式。

有一段时间，我在微信上召集"每天阅读30分钟"的打卡行动，很多粉丝和朋友都积极响应。不过那个打卡程序并不完善，提醒功能太隐晦，还有不能分享到朋友圈等问题，并不是每个参加了的人都记得每天打卡。但我惊讶地发现，有很多朋友对打卡出乎意料的认真，甚至不惜花费很多时间。我中山大学中文系的师弟韦中华喜欢社会政治类的书，打卡期间他读了三四本，每天都会分享大段文字，刚开始以为他是复制的电子书，后来仔细读才发现不是，分明是他写的读后感。梳理一天读的内容，写下自己的读后感，几天下来完全就是一篇书评了。那个打卡圈里，大多数人都是每天拍个封面写一两句话来打卡，包括我也是，在一堆短短的打卡日记中，他的长篇读书笔记显得特别突出，我和好些人每天都会读完他发的内容并在下面留言。后来他告诉我，他有每天阅读的习惯，但很久都没有写过读书笔记了。因为有这个打卡，也算是给自己一个每天梳理阅读内容的契机。后来他在媒体发了几篇评论，正是以那些日子每天随手记下的读书笔记为基础写成的。

在豆瓣、知乎、公众号等随手可记的地方，从阅读分享起步成就的内容大号有很多。比起别人的分享，他们的分享更深入、写得更好。比如从"不止读书"到"魏小河流域"，我就看着创始人魏小河从一个爱书青年逐渐成为专业书评人。无论你是谁，只要你愿意多读好书，愿意花时间和精力在网络上分享读书心得，你一定会有收获的。收获可大可小，与你的能力、精力和你的格局有关，说不定能成就你的另一个人生高峰。

音频与视频类 app 的兴起，也为普通人分享图书提供了便利的渠道。你不爱写可以说啊！拿着一本书说说你的阅读心得，录成音频或视频，同道者自然会聚集而来。

三、书评

讲述是一种分享，网上随手记也是一种分享，更为高阶的分享是写书评。

写书评不是一件容易的事，与在网上随便写点什么有着本质的区别。一篇好的书评，不仅要对一本书有心得、有自己的独到观点，更要有独特的构思与表达方式。在写书评时，会对这本书进行再一次的、更深刻的思考。将这些表达出来，表达得更好，是每个写作者对自己自然而然的要求。在这样的要求下，这本书也会深深地内化为自己的一部分。很多年后即使内容忘掉了大半，只要看看自己写的书评，这本书的大部分内容和阅读时的心得、感觉都会马上重新浮现，毕竟这是从你的身体和头脑里长出来的文字，它甚至不再仅仅关于这本书，而是你和这本书的关系展现，或者说是这本书变成你的一部分之后的体现。

我喜欢东野圭吾很多年了，到现在为止他的书应该看了三五十本吧。很久以前看了十来本的时候就想写点什么，但一直只是想到什么就在网上随意分享。我在《羊城晚报》长达数年的专栏"'爱读书会'荐书榜"上经常推荐他的书，以至于编辑胡文辉，也是我的师兄对我开玩笑："你不会准备把他的每本书都推荐一遍吧？"当然不会，他的书有九十多本，看都看不完！除了那些让我惊喜与钦佩的佳作，也有不少是读完大失所望、只恨浪费时间的平庸之作。同一个作家，又是商业作家，作品量如此之大，质量自然参差不齐，也难免一再自我重复。2017年，我的"爱读书会"首次与广州图书馆合作，正巧当年广州图书馆年度借阅榜的冠军是东野圭吾的《白夜行》，我们就在当年的世界读书日做了一期读书会活动，主题是"东野圭吾：建构幽暗曲折的人性世界"，邀请嘉宾是日语翻译家林青华老师，他曾翻译过东野圭吾的《悖论13》。后来，一家大型中日合资企业的职工读书会又邀请我去做了一场关于东野圭吾的分享，从以嘉宾为主、大家讨论的读书会，到我主讲的分享会，还是有很大差异。我认真梳理了看过的作品，将分享的题目定为"东野圭吾的七个关键词"。分享结束后，我突然想，不如写下来吧。于是开始随性地写，一写就是近万字，看着有点发愁，这么长的书评哪里能发呢？我问了《书城》杂志的编辑部主任齐晓鸽，她是我多年好友，特别温柔贴心，一直给我空间让我任性地写或不写，然后利用一切可能的机会夸我。果然，她又爽快地说："快拿来快拿来！感谢你赐稿啊！"后来这篇长书评便发在《书城》2018年第二期上，算是我看东野圭吾这么多年的一个小结吧。后来他没有特别的新作面世，我也没再看他的书了。

《刺杀骑士团长》是村上春树睽违七年的新长篇，用世人瞩目来形容一点也不夸张。简体中文版由上海译文出版社引进，在2017年年底，出版社就将专为媒体和书评人制作的简易本寄给我，我得以先睹为快。2018年3月新书首发，出版社做了一个六城同发的活动，我有幸担任广州站嘉宾主持，和我的两位老朋友——日语翻译家林青华和日本时尚文化爱好者彼得猫——一起在广州方所书店与读者分享这本书。我非常喜欢村上春树的这本新作，觉得是他写作生涯集大成者，如果他以此书获得诺贝尔文学奖，我会特别开心。活动之后，我只觉得意犹未尽。正巧，《新京报》约我写一篇书评，我马上答应，一写又是好几千字。因为报纸版面限制，发表的时候删了一些，我又将全文发在自己的公众号"麦小麦读行记"上。至此，关于这本书的阅读才算告一段落。

我写的书评并不多，一是懒，二是忙，三是随时随地的分享冲淡了写作欲望。有时看到一本书喜欢得要命，好想写点什么，可是在与别人的各种讨论分享中，这种表达冲动早已被消磨了，也就失去了提笔认真写一大篇的冲动，这对写作者来说是个大问题。以后确实要调整一下方向，多写一些书评。

四、读书会

创办读书会，就是人为地聚集一群气味相投的爱书人，创造一个分享读书心得的小圈子。读书会可大可小，可正规可松散，可以是和身边三两好友增加一种交流的方式，也可以做成"樊登读书会"那样的产业化巨型组织。

（一）微型读书会

读书会近来很热门。其实成立一个读书会是一件无比简单的事，只要有两个人经常在一起分享自己读过的书，这就是一个读书会。

我见过很多小小的读书会，有的是几个邻居定期碰头谈谈自己读的书，有的是大学校友定期聚会，其中一个重要内容就是讲述自己近来读了什么书。

微型读书会的好处是人少而精，互相了解很深，可以谈得很深入；缺点也是人太少，话题很容易转移，变成聊天聚会。

（二）线上读书会

线上读书会最大的好处是不受地域限制，可以以圈子、社群等方式聚合起来。而且在线上进行的活动很容易复习，不像线下的活动，如果人无法到场，即使之后看总结的文字、录音乃至视频，也与到现场的效果不可同日而语。

（三）文化沙龙式读书会

2014年，我第一次参加全国读书会的大聚会，在那个叫作"北京共同阅读促进会"的大会上，我见到了来自全国各地上百个读书会的代表，我这才知道，原来有这么多读书会！及至2020年，广州图书馆发起的"广州公益阅读"已经有了几十个广州本地的民间读书会。

这些读书会都是有名称、有固定人员、有规章制度、定期开展活动的正式读书会，是广州丰富文化的重要组成部分。

南京的阅读推广人许金晶写了一本书叫《领读中国》，详细介绍了十六个城市的十六家读书会，其中也有我们的"爱读书会"。这本书对中国读书会的生态进行了很好的展现，要做读书会，可以参考这本书。

经常有人来问我："怎样才能创办一个读书会？"问这种问题的人，有的是自己出于兴趣想要做，有的是因为单位领导要求做，有的是书店、咖啡店等营业场所为了人气也为了文化氛围想做，还有的是想把读书会做成一个创业项目。不同的起因与目的，就有不同的侧重。

做一场读书会是件非常容易的事，兴趣来了就能做，但是要把它一直做下去就不容易了，你得确定你是否真的有动力做这件事。在分享阅读的这个宏大主题下，还有很多琐碎的事，做不好这些小事，读书会就难以为继。

无论什么样的读书会，首先得确定做这个读书会的目的。是兴趣还是工作？是营利还是非营利？目的不同，做法和思路也有区别。比如，明明是为了增加咖啡馆的人气与营收才做的读书会，却偏偏走了"高冷"路线，结果每次来不了几个人，达不到商业目的，来的人还嫌你要卖咖啡，不是纯粹读书会，这就两头不靠了。又比如，本是因为兴趣才想做个读书会，做着做着又开始为没办法赚钱焦虑，那就真叫自寻烦恼了。

读书会的形式也要先确定好。线上还是线下？固定成员还是自由读者？是随意讲还是确定主题书？大家讲还是请主讲人？围坐沙龙还是讲座？多久开一次？先确定好方向，有利于一个读书会的持续发展。

一个读书会要持续办下去，最重要的，还是要有一位有兴趣、有能力、愿意付出的召集人。读书会的事务，比表面看起来的要多、要繁杂，没有些奉献精神还真做不下去。另外，召集人的能力与资源，也是一个读书会水准的重要决定因素。

（四）商业读书会

要想把读书会做成创业项目，最重要的是找到可持续发展的商业模式。会员收费也好，卖书卖产品也好，知识付费也好，总要有一个明晰的营利模式，如果仅凭对阅读的热爱和一腔热情，恐怕很难做成一个成功的商业读书会。现在的知识付费第一品牌"得到"，就是从罗振宇的"罗辑思维"开始的，当时也可以算是一个读书会，在一步一步的摸索中找到新的商业模式，直到成为今天的知识付费大平台。"樊登读书会"也是如此，以樊登为核心的线上线下读书会每周读一本书。从社群到 app，再到现在各城市的樊登书店，"樊登读书会"已成为读书会中的翘楚。

读书历来都是一件清淡的事，想要做成商业项目，想要赚钱，除了读书本身，更重要的是创新的思路与经营能力，同时具备这些能力的读书人其实真的不多。

（五）我的"爱读书会"

我与朋友做了一个读书会，名叫"爱读书会"，当初完全是出于兴趣，一做十一年。现在它在阅读圈已经很有名了，但还是一直保留着最初的纯粹。

十年前，我常常为媒体做些采访。有一次我采访了好友杨文军与她的邻居们一起做的一个小小的读书会。他们几个人会不定时地聚在一起，谈论他们最近读的书。稿子写完后，我想，我也可以做个读书会啊！我有一帮文化界的好朋友，大家在一起玩了很多年，各种吃吃喝喝、唱歌泡吧，转眼间大家从少女变成妈，风花雪月变成柴米油盐。如果有一种聚会方式可以把我们从眼前的世俗生活中抽离出来，不聊老公不聊孩子，只聊形而上的话题，恐怕没有比读书会更合适的了。

我和闺蜜黄佟佟、姚远东方、曾敏儿一拍即合，马上决定成立一个读书会，并把名字定为"爱读书会"。我们四个人成为"爱读书会"的发起人，后来被大家戏称为四大董事。"爱读书会"热热闹闹地办了起来，有章程，有LOGO，每次活动有主题、有主持人、有固定流程，会规定书目要求大家预习，甚至对赞助都有要求。入会不容易，条款多多，快乐也多多。

2009年11月17日，我们第一次举办活动，地点在朋友的办公室，主题是"如果流落荒岛只许带一本书，你会带哪本?"这是一个经典问题，也是一个迅速走进对方心灵世界的好题目。书仿佛神奇的心灵通道，平时以为足够熟悉的人，通过书这种介质瞬间呈现出新的面貌，那是比日常所见更贴近灵魂的一面。如果没有书，这一面也许永远不会展现在朋友面前。

那时候我也没有想到，读书会一办就是十一年。刚开始，我们的活动单纯是朋友间的聚会，每两周一次，每次读一本书，每个人谈谈读书心得。后来开始请嘉宾分享，谈谈他的领域，他推荐的或是他写的书。我们最喜欢的是文学类，来得最多的嘉宾也是文学类的作家。但我们也会有意识地拓宽眼界，心理学、历史、法律、艺术、财经也都是我们经常涉及的领域。刚开始是自己人小圈子读，在一个温暖的"小酒窝"酒吧。后来，到了二沙岛的风眠艺术空间，朋友带朋友，书友们也慢慢增加。有大腕嘉宾来的时候也会做公开活动，到现场的很多陌生面孔，会带来一些新鲜的声音。最开始的核心成员有的离开有的仍在，有的朋友已经到别的城市甚至别的国家，但就是舍不得离开大家。也不断有新的成员加入，如果有缘分，陌生也会被时间熬成熟悉。比如我们的专属摄影师刘蓉，就是从志愿者变成了核心成员。后来我们开了"爱读书会"微信公众号，由刘蓉、张小树、苏静等小伙伴打理。我们在上面发布活动预告和活动总结，又吸引来更多的陌生朋友。

我们读过的书有近两百本，嘉宾有作家张欣、谢有顺、李娟、鲁敏、薛忆沩、止庵、须一瓜、魏微、韩松落，也有心理学家武志红，科学家李淼，演员陈坤，音乐剧演员影子，艺术家肖鲁，音乐家田艺苗……近二百期活动，一百多位嘉宾，名单很长。他们来到我们的读书会，和我们围坐在沙发上谈心。

读书的时候，我们有时嘻嘻哈哈，有时又板着脸一本正经，有时甚至会为不同观点争个面红耳赤。一位偶尔来参加我们活动的商界朋友说："你们太奇葩了，我高中毕业之后就再没为无关利益的事和别人争论过。"没错，很多人不愿为无关利益的事花时间、花力气，他们做事要看实际收益，而我们这些奇葩的文艺中青年，看重的是心灵碰撞。幸运的是，我们有这么一大群奇葩朋友一直相伴。

有段时间我们的议题是集资建个养老院，等大家都走不动了，还可以在院里开读书会。这个养老院是不是要叫"爱读书养老院"呢？只收喜欢读书的老头老太。有一群愿意和你一起谈书的朋友在身边，老去好像也变得不那么可怕了。

读书会四周年的时候我们做了一个大型派对，请了四年来帮助支持过我们的各界朋友。小小场地来了一两百人，又热又挤，活动流程满满当当，郭巍青、费勇这些学者也和我们挤在一起。从形式上来看，那真是一场"槽点"很多的派对，可是参与的每个人都感叹不已。我们还收到了很多机构和个人的各种赞助。为什么人们对我们如此厚爱？因为我们这群人，一起花了很小的力气，用了很长的时间，做了一件很纯粹、很美好的事。

那天谈论得最多的一个问题就是："为什么会把这样一件

事坚持这么多年？"细细一想，还真不是坚持，就是顺其自然地走下来了。如果一件事让你觉得很有意思，大家又很支持，做得轻松愉快，就不会想到"坚持"这么严肃而又苦哈哈的词。

我们曾经读过艾丽丝·门罗的传记《艾丽丝·门罗：其人·其作·其思》，请到该书的责任编辑孙虹来分享，大家的感触特别多。艾丽丝·门罗最擅长写绝望的中年女性，平淡的生活中，想要的得不到，给你的不想要，于是苦闷，于是逃离，却又逃无可逃，只好灰溜溜回来。不管在中国，还是加拿大，原来都是一样的。每个人都会面对危机，基于性别、年龄、职业、感情等，不是此时就是彼时，不是这样就是那样，怎么办呢？服从命运的安排是一种方式，用一些特殊的方法来抵御危机也是一种方式。"爱读书会"，就是我们的一种方式。

我们还读过关于跑步的书。《跑步圣经：我跑故我在》《当我谈跑步时，我谈些什么》，书不是重点，重点是跑。书友小树讲她的马拉松史，每次跑到最后都累到钻心，自问"我为什么又来干这么痛苦的事？"可是一结束又兴兴头头地开始筹备下一次。跟累与痛相比，快乐与收获占了上风，于是这件事还在继续。"爱读书会"四位董事之一的姚远东方曾分享过她在戈壁滩上四天徒步一百二十公里的经历。徒步期间，她哭了一次又一次，受伤的脚几个月都没有好，但整个人恍如新生。说的是跑步，想到的是这才是我们要的人生。不甘平淡，总要时不时勉强自己干一些看起来很痛苦的事，痛过，快乐过，人生才会有更深的印迹。我们都是这样的人，在读书中面对自己的内心，用这样一种方式与逐渐走向庸常的人生抗衡。惊人的是，那次读书会后，书友颜展敏和木每成了跑步爱好者，也成了马拉松常客，日常锻炼都是十公里起，这是值得我膜拜的人。

还有一次读另一位董事曾敏儿的《让我在路上遇见你》。她是个工作超忙的单亲妈妈，很爱喊："没钱啊，没钱啊，怎么办？"可是她在几年中走遍了七大洲两百多个国家和地区，如何做到的呢？她说："只要你想，你也可以。"对，就是看你想不想，只要足够想，就够了。后来我也与她合作规划了突尼斯旅行，约了一帮女友共同出行。我的少女时代也曾有过环游世界的梦想，一度觉得不敢想了，可是想想又如何呢，没有办法一鼓作气环游世界，有时间就选个地点游一游还是可以的啊，梦想太大，把它拆分一下就不大了。

"爱读书会"里作家不少，我们的董事黄佟佟这些年来差不多出了十本书，有一次我们读她的《姑娘，欢迎降落在这残酷世界》，聊女性在当下的生存困境。女性只有靠自己，让自己日益强大，不理会别人强加给你的价值标准，营造出自己的支持体系，才能以金刚不坏之身应对来自未知世界无论哪个角度的打击，这是我们的命运。

认识命运，并且更好地面对命运，我想，这就是"爱读书会"以及所有真诚面对内心的群落存在的最根本意义。

"爱读书会"六周年时我们又做了一场小型纪念活动，只限内部人员参加，主题是"这六年，我最想分享的一本书"，每个人都要分享。我分享的书是《三体》，我说："这是一本我已经分享过很多次的书，但这次我还是很没有新意地选了它。我想用这本结构宏大、视野开阔的作品传达这样一个观念：人生苦短，人类渺小如蝼蚁，有了阅读这个行为，有了文字这个载体，我们就能够一边过着平凡日子，一边让我们思想去到很远很远的地方，远到宇宙诞生之初，远到宇宙湮灭之时，无论身在何处，我们的精神都可以在无限的维度驰骋。无论在什么样的时代，这才是阅读的终极意义。"这段话，后来也被我用在2015年深圳读书月首届"华文领读者大奖"颁奖典礼的开场演讲上，那一次，我们"爱读书会"获得"华文领读者·最佳阅读组织"全国大奖，我自己获得"华文领读者全国十佳"。

2017年的世界读书日，"爱读书会"和广州图书馆合作，成为"广州公益阅读"的示范读书会，也是第一个入驻广州图书馆的民间读书会。现在，"广州公益阅读"已经有了数十个会员读书会。广州图书馆是广州的重要文化地标，是广州的骄傲，我们能把读书会放在广州图书馆，真是一件开心的事。入驻广州图书馆以来，我们请到了更多的作家和评论家来到"爱读书会"，谢有顺、李娟、鲁敏、魏微、须一瓜、孙频、萧耳都是这个时期我们的嘉宾，翻译家林青华更是第三次受邀来到我们读书会。我们对文学谈论得更深，关于文学与人生我们也思考得更多。

也许是因为我们的纯粹，"爱读书会"一直被各种媒体和机构关注，广州的各大媒体都曾整版报道我们读书会。在"2014年北京共同阅读促进大会"上我们获得"优秀民间读书会"大奖；同年我们四位发起人应邀出席第25届香港书展，进行了"当'爱读书会'成为一种生活方式"的主题讲座；2015年11月，"爱读书会"在深圳读书月获得"华文领读者·最佳阅读组织"大奖；同年，我们还在广东省委宣传部主办的"书香岭南·最美悦读"评选中入选三个"最美阅读平台"，另外两个分别是南国书香节与广州图书馆，让我们一个小小的民间读书会与这两个巨大的官方平台同时入选，实在是很荣幸。2018年，我当选广州市文艺评论家协会副主席，我们"爱读书会"也开始与广州市文艺评论家协会合作，共同举办一些更文学、更有品位的活动。

　　从2009年到2020年，十一年间我有很多东西没变，还在花城出版社，还在做"爱读书会"。可是也有很多的变化，一个娃变成了两个娃，从编辑转做营销总监，读书会从漫谈式变成更严肃的主题与形式，我的身份定位也变成了清晰的"阅读推广人"，与更多机构合作，与更多的人分享阅读。

　　我明确知道，自己的下半生会这样度过：做更多喜欢的事，走更多的路，读更多的书，与更多的人分享。心之所至，便是生命的广度与深度到达之处。

麦小麦的独家书单：五本心理学入门书

入选原则：知名心理学家或学科创始人的作品，阅读难度不大，语言平实流畅，专业术语没有多到看不懂，与我们的日常生活密切相关，读了真的能够马上运用在日常生活中。好多书有很多译本和版本，就没有写译者和出版社了。

1.《心理学与生活》

[美] 理查德·格里格、[美] 菲利普·津巴多 著

这本书算是最基础的心理学入门经典，是斯坦福大学、北京大学等全球七百多所高校心理学专业教材，自出版后不断修订，目前国内最新版本是第十九版。作者菲利普·津巴多就是进行著名斯坦福监狱实验的心理学家。本书由北大十八位教授合作翻译，如果想要通过一本书了解心理学，读这本就好了。缺点是作者和译者都是专家学者，书读来感觉偏专业了一些，

与通俗心理学读物有差距，需要静下心来读。

2.《活出生命的意义》

[美] 维克多·弗兰克尔 著

这是震撼我的一本书。我读的是更早的译本，书名叫《活出意义来》，已经绝版了。弗兰克尔是犹太人，纳粹时期他全家都被关进奥斯维辛集中营，他的父母、妻子、哥哥全都死在集中营，只有他和妹妹幸存。集中营里每天都是炼狱，而他就在这里找到了生命的意义。他将这段经历详细写入书中，并开创"意义疗法"和"存在意义分析"，被称为继弗洛伊德的心理分析、阿德勒的个体心理学之后的维也纳第三心理治疗学派。这是一本可以当作文学作品来读的心理学著作，也是可以改变人生观的作品。

3.《自卑与超越》

[奥] 阿尔弗雷德·阿德勒 著

这也是一本硬核心理学专业书。阿德勒是个体心理学的先驱人物，他是弗洛伊德的学生，但后来成为弗洛伊德的反对者。他认为一个人的现在是建立在全部过去的经验基础上的，从童年时期就形成的自卑感是影响一个人一生的重要因素，他认为对自卑感的认识和超越是个人向前发展的原动力，甚至"一切人类文明都是基于自卑感而发展起来的"。关于他的书，国内出版过估计不下十个译本和版本，我也没有读全，觉得杨颖的译本比较好读的，相对没有那么学术化。

4.《不要用爱控制我》

[美] 帕萃丝·埃文斯 著

作者是加拿大埃文斯人际关系研究中心创始人，在北美建立了许多人际关系工作室。这本书最有价值的地方在于提出控制常常以爱的面目出现，要挣脱控制，首先要分清什么是控制，什么是真正的爱。她在书中解决了三个问题：控制者是怎么形成的？控制是怎么发生的？如何摆脱控制？弄清这三个问题，对我们的心理健康帮助特别大，在解决与父母、伴侣、孩子的关系问题上会给你豁然开朗的感觉。

5.《拥有一个你说了算的人生》

武志红 著

"得到"app上的"武志红的心理学课"卖出了二十多万份，这个课程十分扎实，三百三十三节课，将武志红从事心理学研究和咨询以来的全部心得和文章梳理了一遍，成为模块化的心理学知识体系，适合心理学爱好者进行系统学习，也能让关注自我的人从心理学的角度认知自己、洞悉内心。课程之后，武老师和"得到"团队再将精华内容整理成书，由磨铁出版。武志红心目中的心理学，就是要使一个生命成为他自己，这是人类最根本的生命动力，它演化出了一切人性。

第六章　运用篇

从小我就憧憬着，如果能把读过的书都记住，该用的时候马上能用，那该有多好啊！明知道不可能，还是会时不时幻想一下。如果梦想成真，那我读了这么多书，得有多博学啊！

然而现实是，我的记性并不大好。有时候别人问我有没有读过某本书，我斩钉截铁地回答："读过。""那这本书讲些啥？"我立马回答："忘了！"没办法，忘了就是忘了。如果仅仅是问我对某本书的评价，那么我的回答其实已经给出了答案：没有什么让我记住的东西，应该不好也不坏吧。

读得多，忘得也多，这是我一辈子无法弥补的痛。直到后来读到两句话，我的心灵瞬间得到安慰。一句是"你的气质里，藏着你走过的路、读过的书和爱过的人"，另一句是"人生没有白读的书，你读的每一本书都会长成你的血肉与骨头"。

是的，阅读的作用，除了学知识，更多的在于用文字之美、故事之美与思想之美塑造你、完善你，让你成为最想成为的人。读一本书，除了记住它，感受、体验与内化同样重要，而这些更着眼于阅读的当下。

如何将阅读更好地运用在生活中？广州一位叫作王明静的亲子阅读实践者给出了非常好的回答，她在广州 Miss Ren 书屋的阅读分享会上说："读书是二手的经验，生活才是一手的经验，缺乏生活经验的阅读是无效的。"说得太对了。那些以为只要多读书就能解决一切问题、成就智慧的人，那些看了很多的书却变成了书呆子的人，他们都忽略了这一点。

每个人的生命中，生活永远是第一位的，你亲身体验每天的点滴日常与情绪，用自己的眼睛去看身边的人和风景，用自己的双手去做一件件大事小事，无论结果是好是坏。如果你只是一个阅读者而不是一个行动者，只在故事里体验爱恨情仇，在文字中学习人生经验，那么你永远浮在生活的表面，沉不下来。就像别人都潜到深海里看奇幻美景，而你只是在海滩上看他们发来的照片。

我的朋友经常给我推荐书。有一次，我的好朋友、在网上很有名的"牙医妈妈王颖"向我推荐了一本书，说是讲读书会的，叫我一定要看。我马上买了一本，一看果然是我喜欢的类型。这本小说名叫《根西岛文学与土豆皮馅饼俱乐部》，书里几乎可以看到所有关于阅读与生活的关系。根西岛是英吉利海峡群岛中的一个小岛，"二战"时被德军占领，岛民们阴差阳错成立了一个叫"根西岛文学与土豆皮馅饼俱乐部"的读书会。为了应对德军检查，一位女画家带领那些以前几乎从不读书的猪农、佣人、主妇、工人聚在一起，讨论各自读的书。渐渐地，阅读成为他们的日常，阅读的内容融入了他们的骨血，也改变了他们的人生。

这种改变是各种维度上的。

有的试图将书中学到的技能用于实践。酷爱神秘主义的主妇收到伦敦的编辑寄来的《新版颅相学及精神病学自学图解指南》，她便从给人看手相改成摸颅骨算命。她在阿加莎的书里认识了马普尔小姐，便开始四处观察，想要破个大案，却闹出不少笑话。

有的通过读书得到爱情。从不读书的农民爱上喜欢文学和诗歌的寡妇，在俱乐部的帮助下，他开始读威尔弗雷德·欧文和威廉·华兹华斯。当他看到星空下的大海，情不自禁地吟出："看那儿，南希。天堂的柔情笼罩在海面上——听，伟大的生命醒来了。"他爱的人吻了他。后来，她成了他的妻子。

更重要的是，大家都通过阅读变成了更勇敢、更坚强的人。德军占领根西岛整整五年，平静的小岛变成地狱，困住岛民也困住德军。生活在时刻要面对死亡的恐惧中，他们读过的、谈论过的每一本书，书中的人物、故事、句子，陪伴着他们度过日日夜夜，给了他们坚持的勇气和力量。在死亡阴影的笼罩下，他们仍然勇敢藏匿将死的劳工、救助别人的孩子。他们收获爱与成长，收获最糟糕的时代中那些无比美妙的时刻，在最绝望的时候仍心怀希望。

书中最有代表性的人物是男主角道西，他是一个"会种花、会雕木头的采石工、木匠、猪农"（女主人公、作家朱丽叶给他的头衔）。自从读到法国作家查尔斯·兰姆的书，他的生活就发生了翻天覆地的变化。他从一本兰姆的旧书中偶然找到作家朱丽叶的地址，并开始给她写信。朱丽叶来到根西岛，发现了自己梦想中的天堂；道西发现了更大的世界；他们一起发现了爱情。爱情来得并不突兀，一个在敌占时期仍能躺在花园草地上读查尔斯·兰姆并深深为之陶醉的人，和一个从小就喜欢躺在干草堆上读《秘密花园》的人，经历了千山万水找到彼此，不正是他们的命运吗？

关于生活本身，朱丽叶引用了查尔斯·兰姆一段话，那是华兹华斯指责兰姆对大自然不够关心时，兰姆作出的反驳："诚然，我对丛林山谷没有激情。然而，即使没有你的那些山脉，我所拥有的难道还不算多吗？我出生的房间，相伴一生的家具，无论搬到哪里都像踏实的狗一样追随我的书柜，旧椅子，老街，曾在那里晒过太阳的广场，从前的学校……我不会嫉妒你。我应该可怜你，难道我不知道，伟大的精神能和万事万物交朋友吗？"

是的，阅读的最高境界不仅是让我们学到什么、解决什么，而是让我们拥有一种更高维度的生活，让我们拥有与万事万物交朋友的能力。一旦拥有这种能力，我们便可以在精神上化身为宇宙天地间最自由的灵魂。阅读的终极作用就在于此。

在了解阅读的终极作用之后，我们再来看看阅读可以如何为我们所用。不同的书有不同的功用，下面我们按类型来谈。

一、文学书

文学书在实用主义者看来基本就是无用之书。就算看过之后能写点东西来赚钱，效率也太低了。

但我们知道，有文学的人生和没有文学的人生真的不同。

关于文学的定义五花八门，我觉得其中最重要的就是文学性。无论写什么，无论用什么体裁来写，都必须以高于日常的目的为发端，以有异于日常的语言和内容来表达。文学能避免我们陷入庸常的陷阱，为我们找到意义的阀门。文学存在的价值，在于让每一个注定走向死亡的生命变得更丰盛、更自由。

在文学作品中，我们可以读到人类的故事、多样的命运，读到文字之美、思想之美。读懂别人的故事，并将其化作自己的人生阅历；储备丰富的文字符码，搭建属于自己的语言大厦；感受文学之美，提升自己的眼光与品位；阅读古往今来文学家的创作来丰富自己的思想。我在想，还有什么书比文学书更有用呢？

现在流行讲书、朗读，在"喜马拉雅"或是"荔枝 FM"开个频道，朗诵你喜欢的诗歌、散文，讲述你喜欢的小说，说不定很快就可以吸引一帮同道。如果你读得好、讲得好，完全可以做成一个很不错的自媒体。

2020 年年初，我的朋友木每宅在家里无事可做，就在自己的抖音号"梅说爱情故事"上给大家讲她读到的各种女作家的爱情故事，一不留神就拥有了四十多万粉丝，视频内容整理成了文稿，即将出版，为她开拓了事业的新方向。

2020 年，我受互联网学者刘兴亮老师的影响，在微信视频号内测期间开设了视频号"小麦书屋"，用短视频的方式与读者分享我的读书心得，每天几十秒，讲述一本书中最打动我的观点、方法和故事。每期末尾我都会说一句"我是麦小麦，你的书房闺蜜"，就像与自己生活中的闺蜜分享一样，用短视频的方式与更多的人分享自己读到的好书。

这种方式对我来说又熟悉又陌生。熟悉是因为我经常和各种人分享书，做这些内容对我来说轻车熟路；陌生是因为要拍成视频，虽然我曾经做过一段时间的电视节目，但短视频是一个崭新的领域，幸好有朋友帮忙，不然还真是个不小的挑战。

做了视频号才发现，对着镜头讲书是件这么轻松好玩的事。各个出版机构很快就发现了这个新平台，纷纷给我寄书，我的"小麦书屋"逐渐成了新书信息集散地。这样的分享，对我来说是一种内容输出的简易方法，对书友来说是一个快速获取新资讯、拓宽视野、找到同类的好渠道。

二、学科知识类的书

学习新学科，并不只是在学校里的事。无论你现在什么年纪，都可以通过阅读从初学者变成达人、从达人变成行家，让自己的人生多一些选择，甚至因此改变命运。

我认识一位经济学作家，曾是内地一个小城市的公务员，一天天重复的生活让他看不到头。经过各种考量后，他开始系统地阅读经济学著作，两三年内读了几十本中外经济学名著，建立了完整的学科思维，然后开始给各种媒体写经济学稿件，渐渐地，有媒体请他开专栏，有出版社主动向他约稿，他干脆辞职，到大城市生活。现在的他，过着十几年前完全无法想象的生活，一切都源于一个开始阅读的决心。这种有计划、有系统的长期大量阅读，在知识建构与自我更新上甚至比四年大学的学习更有效，对人的改变也更大。

很多人之所以会成为心理咨询师，或者因为想要解决自己或身边的人的心理问题，或者是因为兴趣爱好，又或者是因为想要职业转型。于是他们开始大量阅读心理学书籍，考取心理咨询师资格证，逐渐成为一名专业心理咨询师。

有的人出于兴趣读了很多同一学科的书，可是仍然只能在学科外围徘徊，如何才能从外围走进去呢？这就要提到"二八法则"了。"二八法则"又叫"二八定律""关键少数法则""不重要多数法则"，是十九世纪末二十世纪初意大利经济学家帕累托发现的。他认为，在任何一组东西中，最重要的只占其中一小部分，约百分之二十，其余大多数，约占百分之八十的部分都是次要的。这个概念也可以用到阅读与学习中，面对一门新学科，先找到它最重要的百分之二十的经典著作，然后用百分之八十的时间来攻克它，这样你就掌握了一门学科的主干。

此时再用百分之二十的时间来阅读剩下的百分之八十，就会有点势如破竹的意思了。

做过罗振宇的知识顾问的李源也曾经提到这个法则，他就是用这个法则快速掌握了一门又一门学科，在知识付费的时代成为著名的知识大咖。在参与策划制作"罗辑思维"节目的过程中，他发现罗振宇总是能从自己和身边人的经历中提炼观点，再和要讲的书中人物相互印证。他曾在书中苦苦寻找的答案，竟然可以用这样的方式呈现。他意识到，这就是书上所说的"人情练达即文章"，"就是把那些不平凡的生命历程中得来的智慧用在理解人生上，再把人生中积累的智慧提炼成心法，变成一种能够为我们在具体生活中所用的生活指南"。这真是关于如何运用所学知识的一句极好的总结。

学习一门新学科，不一定是为了某一个具体的目的，更多的时候只是为了拓宽自己的思维，优化思维模式。看一个人是否年轻、是否还在成长，重要的不是看年龄、看资历，而是看他的思维模式是僵化的还是成长的。所谓僵化的思维模式，是认为自己天生就是这样，不可改变，或者说已经很厉害了，什么都别想来改变我；而成长的思维模式则认为，大千世界唯一的不变就是一切都处在变化中，自身的一切也是可以通过努力改变的。

每个人身上都或多或少具有这两种思维模式，只是有的人其中一种思维模式彻底压过了另一种。阅读会带给你一个更大的世界，读得越多，越会冲击你的僵化思维模式，越能给你带来改变的契机。

三、关于方法论的书

还有一种书，谈不上系统知识，只是讲某个方法，是实用的、着力于解决问题的，我将它们统称为关于方法论的书。很多人没有时间和心思看文学书，也没有学习新学科知识的诉求，但还是会经常出于实用的目的来看这类书。

有一次记者采访，我说了一句："我觉得书可以解决我生命中的一切问题。"记者马上总结道："你是为了解决生活中的问题而读书的，那么……"我表达的并不是这个意思，所以赶紧打断了她。书可以解决我的问题，但并不意味着我就是为了解决问题而读书啊！

我这话当然只是随口一说，是一种夸张的修辞，但同时也是我的一种信念。这意味着读书是我的生活方式，除了得会选书，得有自己的读书方法，并且能够把书中的内容提炼、有选择地吸收和内化。这个过程，其实就是一种自我修炼。修炼的法门，是日常生活，也是阅读这件事。

如果真要说为解决问题而读的书，就是这类关于方法论的书。一本好的关于方法论的书，会给你带来全新的方法。有很多人觉得，书里写得再好，看了也用不上。为什么会用不上呢？是因为书不合适，还是因为方法太难？又或是因为你只是看看，并没有真正去实践？

想让书中的方法真的有用，除了读，更重要的是"用"。将书本中的知识运用到真实的生活中，收到反馈后再跟书中的方法进行对照、修正，然后继续运用，完成"读—做—再读—再做—将书中的方法内化成自己的行为"，这才是一个完整的方法论运用过程，你做到了吗？

我从小就被人当作知心姐姐，自己还没谈过恋爱，就有比我大很多的人向我倾诉情感烦恼。后来我成了阅读推广人，经常进行与亲密关系有关的主题讲座，常要面对各种有情感问题的人。我向很多人推荐过一本书，克里斯多福·孟的《亲密关系：通往灵魂的桥梁》，我觉得这本书解决了我在亲密关系中所有的问题。

可是当我向人们诚挚推荐了这些书之后，他们很快还是会来向我倾诉差不多的烦恼，问题似乎丝毫没有得到解决。我问："推荐的那几本书你看了吗？"他们会一个劲地点头："买了买了，你说完我就去买了。"我问："那你看了吗?"他们继续强调："我买了呀!"我只得再追问："我知道你买了，我是问你看了没有?"这时一部分人会说："翻了一下，没觉得有什么特别有用的。"另一部分则很不好意思地说："还没来得及看呢。"

买来的书要看啊!不看怎么会有用呢?你想要解决问题时的"看"，绝不是随便翻一下，而是要投入进去看，一边看一边结合自己的实际生活仔细思考:类似的个案是否曾经发生在我身上?当时我是怎么解决的?是我的解决方案好，还是书里的解决方案好?如果书里的好，那下次遇到这样的情况我能照做吗?如果不能，那是为什么?有什么心理症结阻碍了我采用更好的方法?我愿意破除这些心理症结吗?如何才能做到?

比如《亲密关系:通往灵魂的桥梁》中有句话，"通往地狱的路，是用期望铺成的"，这句话怎么和我们平时说的不一样呢?我们不是要对美好生活充满期望吗?难道我们不能对身边的人有所期待?这与我们惯常的想法完全背道而驰。很多人对亲密关系的全部想象，不就是找个"能疼我爱我让我幸福一辈子"的人吗?

这本书告诉我们，你想找的这个人不存在，哪怕你觉得自己找到了，那只是荷尔蒙刺激下暂时的影响，并不是真实存在的。如果你希望幸福是别人带给你的，那么你永远也找不到真正的幸福。每个人都是一个完美的个体，成为你亲密伴侣的那个人是来帮助你发现自己的灵魂的，不是来满足你的期待的。把幸福的希望寄托在对方身上，热恋的"月晕期"一过去，亲密关系进入"幻灭期"，你们的情感也会面临终结，根本走不到接下来的"内省"和"启示"两个阶段。

"放下期待"四个字，说来容易，做来千难万难。你看这本书的时候体会到了吗？你能在一切认为理所当然的时候想到这四个字吗？能在下次对方达不到你的期待时用这四个字来开解自己吗？

要用书来解决自己的实际问题，读到是第一步，读懂是第二步，试着去做是第三步，然后才有可能达到第四步——做到。当你抱怨读书没用的时候，你做到第几步了？

再比如被誉为"沟通圣经"的《非暴力沟通》，第一次读的时候，觉得一本名气这么大的书不过如此，讲的都是些与日常对话大相径庭的说话方式，和我的生活没什么关系。后来我们"爱读书会"请了嘉宾萍萍老师来讲这本书，她系统梳理了书的内容，特别提出"爱自己"这个点来讲解，让我意识到那些沟通的语言只是方法，真正核心的点在于爱自己、尊重自己、正视自己的需求，以此为基础的表达才能做到非暴力。

这算是我对这本书理解的一次转折，但这并没有结束。后来我陆续看了许多沟通类和职场类的书，发现原来他们的原理都在这里，书中那个貌似简单的"观察—感受—需要—请求"的四个步骤简直是一切沟通的基石，各种眼花缭乱的所谓话术，其实都有着大同小异的心理基础。

这本书不厚，书中有大量故事、案例以及分析，脉络很简单，而真正要用到的就是这四个步骤。记住这四个词好像并不难，真要用上却不容易。

首先你得理解每个词在这个话语体系中的含义。最难的要数第一个词"观察"。观察很容易和主观评判相混淆，我们要用语言来描述观察到的行为，而不是用添油加醋的带情绪的表达。比如你对丈夫说"你总是回来这么晚"，在很多人看来这就是在描述丈夫的行为事实，其实不然。这是一个加入了你的主观看法的评判，一个"总是"、一个"晚"，这是你的看法，丈夫的看法可能和你完全不一样，你们可能很容易就会因为这两个词争执起来。他说："我哪有总是回来这么晚?""比起我们同事这算早了。"看，他既不同意"总是"，也不同意"晚"。真正的事实描述是精准的、无可辩驳的。你可以说："这个星期你有三次超过九点回家。"他也许第一反应还是会叫起来："哪有!"你要做的只是告诉他分别是哪几天的事实即可。

同样，"感受"也不是一个人人都能理解的词。我们喜欢用评判来代替感受。上面那个例子中，你想表达你的感受，却经常说成："你这样还像是一个有家的男人吗？"这不是你的感受，这只是你对他充满情绪的评判，你的感受其实是："我好想你，你不在的夜晚我心里好难受。"

在读《非暴力沟通》的时候，你理解了这些吗？理解之后你去试着做了吗？也许你会说："我也想啊，可是这样直接袒露心扉的话，真的很难启齿。"没错，有的书，会带给我们一些颠覆性的方法。我们从小到大看到父母都不是这样说话的，和丈夫结婚多年也不会这样说话，一本书里教的方法能改变什么呢？

可是，我们既然从书里知道了，就不能只会说："道理我都知道，就是做不到。"我们是成年人，对自己应该有要求。如果希望现状有所改变，那就去做。如果做不到，就要问自己为什么做不到、如何才能做到。

我住的小区车多、车位少，停车是个大难题，经常有人为了停车吵架甚至打架，保安被夹在中间左右为难。有一天早上，我的车位被别的车堵住了。堵住我车位的人在车上留了电话，可是我打了几次都没人接，只好给他发短信。如果凭第一反应我大概会这样写："麻烦挪车！您老人家的车停成这样，堵了一大片，您居然还能安心睡懒觉不接电话。"因为是短信，不是两个人面对面地说话，有时间再考虑一下，我就想到了《非暴力沟通》。我的目的是要解决问题，不是表达情绪，那就应该先把事情说清楚。充满反讽的"老人家"得删，并不客观的"堵了一大片"得改；"安心睡懒觉"只是我的揣测，人家也许早就起来了只是没听见手机响；"居然"也不妥，在这里是一个表达不满情绪的副词，与"事实"无关。我最终发出去的短信是这样："麻烦挪车。您把车停歪了，堵住了三个车位的出入口，拨了您三次电话都没接。"过了一会儿，车主急急忙忙来了，一来就忙不迭地道歉，迅速把车挪开了。俗话说"伸手不打笑脸人"，人家态度那么好，我也没脾气了，一场极有可能发生的不愉快就这么避免了。我也实实在在体验了一次什么叫非暴力沟通，什么叫描述事实。

看，读了书，知道人家的方法好，我已经能在短信中运用了，可是离在面对面谈话中运用还有距离，我还是会对孩子说"做作业又这么慢"，而不是"这周你已经是第三次做作业到九点"。离只说观察到的事实，我的修行还很远。但是没关系，我既然已经知道了更好的表达方式，就会一天一天试着去做。年轻的时候我们由着性子过日子，后来发现有些问题由着性子解决不了，那为什么不能向更智慧的人学习，试一试他们介绍的方法呢？

　　这些书，第一次读到已是十年前。十年间，又因为读书会等各种契机一再重读。我以为自己已经把这几本书读得滚瓜烂熟了，可是距离真正将书中的理念与方法贯彻到生活中，还差得很远。

　　最近我的烦心事有点多，郁闷之中翻出这些书来准备重读，一时突发奇想，为什么不找一些理念相同的书友来一起读呢？于是，我做了一个"三周陪伴式阅读成长营"，选了《少有人走的路》《亲密关系：通往灵魂的桥梁》《非暴力沟通》三本书，紧扣书中内容，结合我自己的理解和人生阅历详细讲解，一周讲一本，每天二十多分钟。这样的深读让我发现，那些自以为很熟的书，还是有很多内容没有理解，更没有用上。想要把书真正运用到生活中，只有一次又一次地对照自己的生活来细读，才能替换旧有观念，让真正的改变有发生的可能。

　　讲书的时候我一再说，这些关于方法论的书，道理要懂，但更重要的是要有意识地运用，落实到行为上，一点一点地觉知，一点一点地实践。

　　"三周陪伴式阅读成长营"特别受欢迎，我也打算一期一期做下去，把我认为值得细读、深读的书都找出来和书友们一起读。

如何将阅读更好地运用到生活中？有句不知出处的话说得特别好："只有将知识与对自身生命的体验与认识相结合，才能拥有幸福。"

谨以此句作为本章的结尾，也作为全书的结尾。

愿你爱上阅读这件事，从此，你离更好的生活就会更近一步。

麦小麦的独家书单：五本对我影响最大的情感与育儿书

入选原则：既不是单纯的方法论，也不是理论化的学术书，兼具方法与深层理论体系，让你认清亲密关系和家庭教育的实质。不是一般的情感和育儿方法书，而是涉及底层理论，也就是讲了关系之"道"。理解了这些"道"，用什么样的"术"就变得简单了。

1.《亲密关系：通往灵魂的桥梁》

[加] 克里斯多福·孟 著，张德芬、余蕙玲 译

湖南文艺出版社，2015年

可以说，这本书几乎解答了我全部的两性关系中的困惑。当然解答不等于解决，距离解决全部问题还早着呢。加拿大演说家、生命教练克里斯多福·孟是一个有真智慧的人，他眼中亲密关系的实质与我们的理解大不一样，他说："寻找真挚永

恒的亲密关系，其实就是寻找自我。"如果真的能够透彻地理解这句话，相信亲密关系中的许多问题就不再是问题了。

2.《童年的秘密》

[意] 蒙台梭利 著，单中惠 译

中国长安出版社，2010年

这是二十世纪最伟大的儿童教育家蒙台梭利的蒙氏教育理论的奠基之作。这本书告诉我们，儿童是一个不同于成年人的独立个体，他们有着独特的心理特点与思维方式。一百年前，当人们还想用棍棒教育和条件反射教出合乎自己心意的孩子的时候，蒙台梭利已经为我们揭示了童年的秘密。直到今天，她的发现仍然大部分适用，而且一点一点被证明是真的。

3.《爱和自由》

孙瑞雪 著

中国妇女出版社，2013年

这本书是我们身边很多妈妈的亲子教育首选书。每个妈妈都不缺爱，缺的只是表现爱的方法。父母是天生的，好父母却是需要学习和成长的。用自己的一言一行让孩子感受到最充实的爱，并在爱的沐浴下得到心灵的自由，进而学会顺从、学会自觉遵守规则，同时保有自己的天性。父母在修习这些课程的时候，自己也会得到充分的成长。

4.《正面管教》

[美] 简·尼尔森 著，玉冰 译

北京联合出版公司，2016年

简·尼尔森是美国杰出的心理学家、教育家、家庭执业心理治疗师、美国"正面管教协会"创始人、育儿领域的大神级人物。她本人还是七个孩子的母亲，二十个孩子的祖母。当她有四个孩子的时候，就发现自己已经管不过来了。无意间，她接触了"正面管教"，惊喜地发现一切都变得很轻松愉快，后来又生了三个孩子。她发展并完善了一整套"正面管教"的思路和工具，结合自己丰富的育儿经历写成了这本书，一出版就成为管教孩子的"黄金法则"，让千千万万的妈妈找到了养育孩子的法宝，是一本既专业又实用的育儿科普书。

5.《你就是孩子最好的玩具》

[美] 金伯莉·布雷恩 著，夏欣茁 译

南方出版社，2016年

作者是最早提出情感引导式教育的儿童教育专家，也是一名出色的家庭与儿童心理治疗师。在成为两个孩子的妈妈之后，她开始致力推广情感引导式教育方法，结合理论将自己多年的育儿心得与情感引导的真实案例记录下来，写成了这本书。她强调，父母要及时觉察孩子的情绪，并进行情感引导式教育。

麦小麦的独家书单：关于阅读方法的书

《如何阅读一本书》

[美] 莫提默·艾德勒，[美] 查尔斯·范多伦 著，郝明义、朱衣 译，商务印书馆，2004年

《脑的阅读：破解人类阅读之谜》

[法] 斯坦尼斯拉斯·迪昂 著，周加仙 等译，中信出版社，2011年

《阅读的力量》

[美] 斯蒂芬·克拉生 著，李玉梅 译，新疆青少年出版社，2012年

《杠杆阅读术》

[日] 本田直之 著，叶冰婷 译，天津教育出版社，2009年

《读书这么好的事》

张新颖 著，复旦大学出版社，2012年

《为什么读经典》

[意] 伊塔洛·卡尔维诺 著，黄灿然、李桂蜜 译，译林出版社，2012年

《阅读整理学》

[日] 外山滋比古 著，吕美女 译，北京联合出版公司，2014年

《神奇的眼脑直映快读法》

胡雅茹 著，新世界出版社，2014年

《读书之道》

詹福瑞 著，中华书局，2015年

《秋叶：如何高效读懂一本书》

秋叶 著，北京联合出版公司，2015年

《快速阅读》

[英]东尼·博赞 著，卜煜婷 译，化学工业出版社，2015年

《如何高效阅读》

[美]彼得·孔普 著，张中良 译，机械工业出版社，2015年

《如何阅读一本小说》

[美]托马斯·福斯特 著，梁笑 译，南海出版公司，2015年

《如何阅读一本文学书》

[美]托马斯·福斯特 著，王爱燕 译，南海出版公司，2016年

《如何有效阅读一本书：超实用笔记读书法》

[日]奥野宣之 著，张晶晶 译，江西人民出版社，2016年

《深阅读：信息爆炸时代我们如何读书》

[日] 斋藤孝 著，程亮 译，江西人民出版社，2016年

《超级阅读术》

[日] 斋藤孝 著，赵仲明 译，北京联合出版公司，2016年

《如何阅读一本书》

轻阅读编写组 编著，民主与建设出版社，2017年

《如何阅读：一个已被证实的低投入高回报的学习方法》

美国普林斯顿语言研究中心、[美] 艾比·马克斯·比尔 著，

刘白玉、韩小宁、孙明玉 译，中国青年出版社，2017年

《如何让你的阅读更高效》

杨寒 著，团结出版社，2017年

《阅读力》

聂震宁 著，生活·读书·新知三联书店，2017年

《越读者（十周年增订版）》

郝明义 著，张妙如 图，台湾网路与书出版，2017年

《这样读书就够了》

赵周 著，中信出版社，2017年

《快速阅读术》

[日]印南敦史 著，王宇新 译，中信出版社，2017年

《阅读的艺术》

聂震宁 著，作家出版社，2020年